U0116142

中国工程院重大咨询项目

中国能源中长期发展战略研究项目组

中国能源中长期

(2030、2050)

发展战略研究

综合卷

科学出版社

北京

内 容 简 介

本书是《中国能源中长期（2030、2050）发展战略研究》丛书之一。

2050 年前是我国能源体系的转型期，2020 年前特别是"十二五"时期是实现能源体系转型的关键期。在科学发展观指导下，本书全面分析了我国中长期能源发展面临的形势和主要制约条件，系统研究了各种主要能源的供应能力和发展潜力，对我国中长期科学合理能源需求进行了展望，提出了我国中长期能源发展的战略思想、目标、重点、路线图、科技支撑和保障措施建议。

本书适合政府、能源领域企业和研究机构中高层管理人员和研究人员，大专院校能源相关专业师生，以及其他对我国能源问题感兴趣的社会公众阅读。

图书在版编目（CIP）数据

中国能源中长期（2030、2050）发展战略研究：综合卷/中国能源中长期发展战略研究项目组. —北京：科学出版社，2011

ISBN 978-7-03-029943-7

Ⅰ.①中…　Ⅱ.①中…　Ⅲ.①能源经济—经济发展战略—研究—中国
Ⅳ.①F426.2

中国版本图书馆CIP数据核字（2011）第003241号

责任编辑：李　锋　张　震/责任校对：宋玲玲

责任印制：钱玉芬/封面设计：王　浩

科 学 出 版 社 出版

北京东黄城根北街16号

邮政编码：100717

http://www.sciencep.com

北京佳信达欣艺术印刷有限公司　印刷

科学出版社发行　各地新华书店经销

*

2011年2月第 一 版　开本：787×1092　1/16
2011年2月第一次印刷　印张：11　插页：2
印数：1—5 000　　字数：170 000

定价：88.00 元

（如有印装质量问题，我社负责调换）

"中国能源中长期发展战略研究"项目综合组成员

顾　问　徐匡迪　第十届全国政协副主席，中国工程院主席团名誉主席、原院长、院士

组　长　杜祥琬　中国工程院原副院长、中国工程院院士

副组长　周大地　研究员　国家发展和改革委员会能源研究所

　　　　倪维斗　中国工程院院士　清华大学

　　　　谢和平　中国工程院院士　四川大学

　　　　郑健超　中国工程院院士　中国广东核电集团公司

　　　　邱中建　中国工程院院士　中国石油天然气集团公司

　　　　潘自强　中国工程院院士　中国核工业集团公司

　　　　黄其励　中国工程院院士　东北电网有限公司

　　　　周守为　中国工程院院士　中国海洋石油总公司

成　员　杨奇逊　中国工程院院士　华北电力大学

　　　　陈毓川　中国工程院院士　中国地质科学院

　　　　韩英铎　中国工程院院士　清华大学

　　　　陆佑楣　中国工程院院士　中国长江三峡集团公司

　　　　潘　垣　中国工程院院士　华中科技大学

　　　　钱鸣高　中国工程院院士　中国矿业大学

　　　　阮可强　中国工程院院士　中国原子能科学研究院

　　　　徐旭常　中国工程院院士　清华大学

　　　　曾恒一　中国工程院院士　中国海洋石油总公司

　　　　姜克隽　研究员、主任　国家发展和改革委员会能源研究所能源系统分析和市场分析室

　　　　郁　聪　研究员、主任　国家发展和改革委员会能源研究所能源效率中心

　　　　史　丹　研究员、所长助理　中国社会科学院工业经济所

　　　　白　玫　研究员　中国社会科学院工业经济所能源经济研究室

王金南　研究员、副院长兼总工程师　环境保护部环境规划院

陈潇君　助理研究员　环境保护部环境规划院

沈平平　教授级高级工程师　中国石油勘探开发研究院

李　政　教授、所长　清华大学热能系

石立英　研究员、原副秘书长　中国工程院

郗小林　研究员、副巡视员　中国工程院政策研究室

田智宇　助理研究员　国家发展和改革委员会能源研究所

王振海　正高、副主任　中国工程院政策研究室

安耀辉　主任助理、处长　中国工程院政策研究室

宗玉生　高级工程师、副处长　中国工程院政策研究室咨询工作处

刘晓龙　工程师　中国工程院咨询服务中心项目部

前　言

　　能源可持续发展是我国社会经济可持续发展的基础，随着我国社会经济的快速发展，能源供需矛盾和环境压力日益突出。根据党中央、国务院提出的"加快转变发展方式"的要求，中国工程院在充分酝酿的基础上，于 2008 年 1 月启动了"中国能源中长期（2030、2050）发展战略研究"重大咨询项目。项目下设节能、煤炭、油气、核能、电力、可再生能源六个课题组和项目综合组，同时在研究过程中根据需要又增设了能源"天花板"、环境、洁净煤、氢能等相关专题研究组，40 多位院士、200 多位专家参加了项目的研究工作。国家能源局给予了大力支持，有关领导多次参加项目组会议，并提出了相关意见与建议。经过两年多的工作，项目组完成了项目综合报告和各课题研究报告，取得了一系列重要研究成果。本丛书来自对各报告的整理与提炼，共包括四卷：综合卷，节能·煤炭卷，电力·油气·核能·环境卷，可再生能源卷。

　　在科学发展观的指导下，本丛书从我国中长期能源发展面临的形势与主要制约条件分析入手，系统地研究了各种主要能源的供应能力与发展潜力、科学合理的能源需求，提出了我国中长期能源发展的战略思路、目标、重点、路线图和科技支撑，以及多项政策措施和体制保障建议。

　　本丛书认为，我国能源超快增长的发展势头难以持续，必须进行重大调整，必须对化石能源消费进行总量控制。为实现我国能源可持续发展，为经济、环境双赢和应对全球气候变化，我国必须坚定不移地走绿色、低碳能源发展道路；必须把能源、资源节约和环境保护作为经济发展的基本目标和制约条件，统筹发展速度、产业结构和消费模式。

　　本丛书提出了 2050 年前我国能源发展阶段的战略定位。2050 年前是我国能源体系的转型期；2030 年前是实现能源体系转型的攻坚期；2020

年前特别是"十二五"时期是实现能源体系转型攻坚的关键期。

本丛书提出了我国能源中长期发展的"科学、绿色、低碳"总体战略，由六个子战略构成：第一，强化节能优先、总量控制战略；第二，煤炭的科学开发、洁净高效利用和地位调整战略；第三，确保石油、天然气的战略地位，把天然气作为能源结构调整的重点之一；第四，积极、加快、有序发展水电，大力发展非水可再生能源，使之成为我国绿色能源支柱之一；第五，积极发展核电是我国能源的长期重大战略选择，核电可以成为我国能源的一个绿色支柱；第六，发展中国特色的高效安全（智能）电力系统，适应新能源大规模集中和分布式开发、用电方式转变和储能技术规模化应用。

为保障科学、绿色、低碳能源发展战略的实施，本丛书提出了若干政策措施与对策建议。如设立国家能源统一主管部门，强化科学管理；健全能源法规政策体系，促进节能减排；大力推进科学、绿色、低碳能源战略的实施；建设国家级的能源科技研发机构和平台，加快能源重大科技攻关；大力提倡绿色消费和生态文明理念等。

项目组的院士、专家和参加咨询研究与编撰工作的全体人员，虽然做出了极大努力，但由于各种原因，书中仍可能有疏漏或不妥之处，请读者批评指正。

作　者

2011 年 1 月

提 要

一、能源形势与挑战

目前世界能源消费由被发达国家主导，开始向发达国家与发展中国家共享市场，发展中国家的份额逐步上升的格局发展。但发达国家在优质能源（油、气、核电等）消费中，仍占主要份额，且人均能耗仍远高于发展中国家。世界化石能源的供需平衡，只能满足全球能源需求的低速增长，世界化石能源资源进一步趋紧。资源和环境制约、全球气候变化等因素，对传统的世界能源格局提出挑战，能源利用将进一步向节能、高效、清洁、低碳方向发展，在今后几十年内，世界能源结构将发生重大变化，进入油、气、煤、可再生能源、核能五方鼎立的格局。世界各主要国家纷纷调整战略，能源新技术成为竞相争占的新的战略制高点，以争取可持续发展的主动权。我国需要在世界能源环境中寻求最优的能源发展战略和路线。

改革开放三十年来，我国经济持续高速增长，成就举世瞩目。能源消费也随之增长，能源行业的一系列改革，使能源供应能力大幅提高。21世纪以来，能源供应紧跟需求拉动，出现超高速增长，我国会很快成为世界第一能源消费国。如果我国能源消费保持前几年平均8.9%的增速，则2020年我国能源消耗将达79亿吨标准煤，占目前世界能源消耗总量的一半；即使能持续实现每五年GDP单耗下降20%，但继续保持9%的年经济增长，2020年我国能耗也将占目前世界能耗的三成。显然，这种经济增长方式将受到能源资源的严重制约，能源发展趋势必须进行重大调整。为支撑经济社会的科学发展，必须对化石能源消费提出必要的总量控制目标，统筹发展的速度、产业结构和消费模式。

我国能源效率偏低。2008年我国GDP占世界生产总值的7%，却消耗了世界能源消费总量的17.7%。原因是目前增长的内容过多依靠固定资产投资和出口拉动，使高能耗产业过快增长，产业结构不合理；同时用能装备能效低，煤炭比例高，能源系统效率低。

我国粗放的能源开采与利用导致了严重的环境问题。大气、水、土壤都为经济增长付出了环境代价，随着工业化、城市化进程，环境压力会更大，而随着生活的改善，人民的环境诉求不断提高，要求能源优质化、洁净化。无论对气候变化问题有多少争议，我国能源走向绿色、低碳都是必须的。

资源和环境代价过重、结构不良、效率偏低和能源安全是我国能源存在的主要问题，也是对可持续发展的挑战。同时，我国能源也面临着难得的历史机遇：多年的发展不仅打下了经济和科技的基础，也深化了人们对科学发展观的认识；党中央、国务院进一步强调加快发展方式的转变并采取了一系列重要措施，国家成立了能源委员会；节能减排开始取得进展；可再生能源、核能和天然气等洁净能源发展潜力大……在科学发展观的指导下，制定可持续发展的能源战略，正当其时。

二、我国能源中长期发展战略的指导思想和原则

能源发展战略服务于国民经济和社会发展的宏观战略目标。21世纪中叶，我国将实现中央提出的第三步战略目标，建成中国特色的基本现代化的社会主义国家。

为实现这一战略目标，21世纪上半期中国经济将经历快速增长阶段、平缓增长阶段，然后过渡到中低速增长阶段。这个时期中国的能源如何发展，国内外不同的研究机构给出了各种情景和预测，反映了不同的发展观。按照粗放高速发展的惯性进行外推预测，是不科学的。中国特色的新型能源战略必须体现科学发展观。立足国情，总结历史经验，中国的发展模式必须进行重大创新，我国不可能重复发达国家走过的高消耗道路，只能用明显低于发达国家的人均能耗实现现代化；我国能源不可能长期维持前一阶段的增长速度，而必须把资源节约和环境保护作为经济发展的基本目标和制约条件，我国需要逐步降低单位GDP能源消费强度，长期支持经济健康发展；科学评估能源需求，改变"以粗放的供给满足增长过快的需求"的模式，实现"以科学的供给满足合理的需求"基础上的供需平衡，这里

和工程示范上去，突破技术经济瓶颈，培养能源新科技人才，促进自主创新，增强核心能力，争占能源发展的战略制高点。

5. 大力提倡绿色消费和生态文明理念

把资源承载能力和生态环境容量作为经济活动的制约条件。从各级政府机构带头，到全民素质的提高，倡导适合中国国情的"健康的物质消费、丰富的精神追求"的消费方式、生活方式，加强与生态文明相应的精神和文化建设，使"两型社会"建设落到实处。

第二节 | 我国能源需求增长过快，资源制约日益凸显

改革开放以来，我国经济持续高速增长，能源消费也随之持续增长。为了解决能源短缺，能源行业进行了一系列的改革，解决了投资瓶颈问题，煤炭行业基本实现了市场化，电力行业实现了投资和运行的多元化，发电领域引进了竞争机制。石油天然气行业也进行了企业的改制上市，进入了国际竞争领域。能源供应能力大幅度提高，初步解决了我国的供应短缺问题。进入 21 世纪以来，我国加入了 WTO，加快了进入经济全球化的进程，能源需求出现超高速增长，能源消费弹性系数从 20 世纪后 20 年平均 0.4 左右，提高到连续 3 年大于 1，最高达到 1.5。2000 ~ 2008 年，我国能源消费增长速度平均达到 8.9%，远远高于同期世界不到 2% 的增长速度。市场化改革的深入，使我国的能源供应增长紧跟需求的拉动，能源和相关高能耗原材料、能源装备制造业成为投资的热点。2008 年，我国能源消费量总量达到 28.5 亿吨标准煤，比 2000 年的 13.85 亿吨标准煤增长了 1 倍以上，将原来设想的 2020 年的能源消费总量提前了 12 年（图 1-5）。煤炭在我国能源消费结构中的比例一直居高不下，甚至还有所提高。煤炭产量从 2000 年的 12.99 亿吨增加到 2008 年的 27.9 亿吨，增长了 1.15 倍，

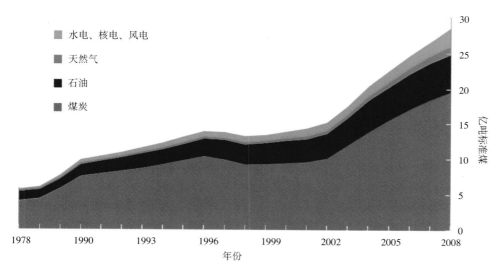

图 1-5　我国能源消费变化状况

资料来源：根据历年中国统计年鉴资料整理

成为我国能源供应增长的主力。电力消费超高速增长，2000～2007年平均年增13.85%，电力消费弹性系数从20世纪八九十年代的0.8左右，提高到平均1.3以上，最高达到1.55。新投产发电能力连续两年超过1亿千瓦，相当于欧洲不少经济大国一国的全部装机容量（图1-6）。石油消费平均年增7%，已经成为世界第二大石油消费国。而同期国内产量的增长率只有2.1%，增加的消费主要靠进口。石油进口量目前已处于世界第三，并正在快速向第二位靠近。当前我国能源消费总量已居世界第二位，距离第一位的美国（约33亿吨标准煤）已经很接近。按前几年的发展速度我国将很快超过美国成为世界第一大能源消费国。

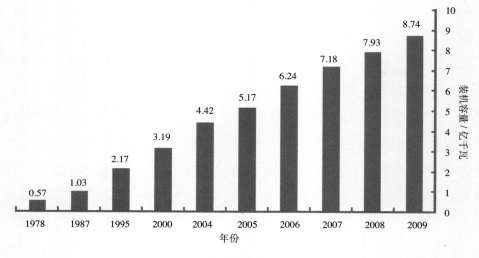

图 1-6 我国发电装机容量发展状况
资料来源：根据历年中国能源统计年鉴资料整理

各方面预计，我国能源消费总量在相当长的时期内，仍然将持续增长。人们对今后经济增长速度将长期保持高速或抱十分乐观的态度，以致有人认为我国仍然可以在2030年前维持9%～10%的经济增长速度；或虽然认为难以持续如此高速但仍然对推高增长速度抱乐观其成的态度。经济和能源界仍有不少人认为，今后一二十年内我国的工业化仍然将依靠重化工业支撑，能源需求仍然将保持高速增长。但是，也有越来越多的人认识到这种高速度将难以持续。如果我国的能源消费增长维持2000～2008年平均8.9%的速度，则2020年我国将需要79亿吨标准煤，占目前全世界能议定书、巴厘路线图，到哥本哈根，全球范围内应对气候变化、控制全球温室气体排放，已经成为国际环境和政治热点，并且将更深刻地影响世界能源发展的方向。应对全球气候变化、控制温室气体排放将成为未来我国能源发展的最主要制约因素。

一、国际社会将设定要求尽快控制全球温室气体排放的严格目标

联合国气候变化框架公约的主要目的就是要求世界各国共同努力，把气候变化的幅度和变率控制在一个安全的范围内。欧盟等发达国家根据 IPCC 对温室气体排放量、大气温室气体浓度和温升的相关关系，以及不同温升可能带来的影响的分析，提出了把 21 世纪全球温升控制在 2℃、相应要求 2050 年全球温室气体排放比 1990 年减半的控制目标。设定这个目标已经成为国际主导性舆论，2℃的温升控制目标已经成为哥本哈根会议的共同决定。哥本哈根决议还提出了要尽可能早地使全球温室气体排放量达到峰值，以后持续下降。发达国家提出来达到全球峰值的时间在 2020 年前后，也提出了我国在 2025 年前达到峰值的要求。

根据联合国气候变化框架公约共同而有区别责任的原则，发达国家需要带头深度减排，现在多数欧盟国家以及美国都提出了 2020 年的温室气体具体减排目标，其中欧盟提出较 1990 年下降 20% ~ 30%，美国提出较 2005 年下降 17%，日本提出较 1990 年下降 25% 的目标。发达国家一致同意在 2050 年使其温室气体排放量比 1990 年减少 80% 以上的目标。但是即使发达国家将其排放量减少得更多一些，也将要求发展中国家温室气体排放总量要明显低于现在的排放量。按照这个远期目标，假设发达国家继续保持年均 1.75% 的经济增长，其单位 GDP 的平均二氧化碳排放强度要较目前下降 90% 以上。预计世界 2050 年的人均二氧化碳排放量将只能在 2t 左右，大约为目前世界平均的一半。我国目前的单位 GDP 二氧化碳排放强度是发达国家的 5 ~ 10 倍，今后几十年内，我国的单位 GDP 二氧化碳强度需要比现在下降 95% 以上，才可能接近届时的世界平均水平。

二、应对气候变化推动全球低碳经济和低碳能源的加速发展

控制和减少温室气体排放，主要靠能源领域的转变。世界各方面的研究表明，节能和提高能效将成为最重要的减排措施，未来减排潜力的一半以上将依靠节能。转变能源结构，减少化石燃料比例，特别是减少煤炭的使用，发展低碳能源包括核能和各种可再生能源，也是重要的减排途径。许多分析认为，对化石燃料产生的二氧化碳排放实行捕捉和封存也将成为必要的减排技术措施。

由于发达国家特别是欧洲国家的能源结构中，煤炭已经占很小的比例，天然气、核电以及大水电的开发也达到了很高的水平，发展风电、太阳能、生物质能等现代可再生能源成为发达国家进一步转变能源结构的主攻方向。发达国家普遍制定了积极的可再生能源发展目标，把发展高效清洁能源利用技术（如高效电动汽车、超低能耗建筑）、发展可再生能源，作为创造就业、替代传统产业推动新的经济增长的重要内容。随着新一轮减排限额的承诺，发达国家将不得不在提高能效、发展新能源技术方面做出进一步实质性努力，这将对世界能源技术的创新和转变产生极其重要的影响。

为了保持技术和经济的竞争力，发达国家正在营造全球性新能源技术市场。除了对本国的能源利用和供应技术引进各种强制性份额或标准以外，还力图将碳税等经济制约手段推向全球市场，或采取贸易限制政策，对发展中国家的出口采取碳排放制约手段。

现在发达国家在远期减排目标方面定位很高，但在近期减排目标方面却相对保守，不愿承诺较高的减排目标。其政治、经济和技术准备不足，近期深度减排难度很大。发达国家实现 2050 年前减排 80% 的目标并没有与其近期目标对接。欧盟国家在哥本哈根会议上集体失语，企图帮美国混淆发达国家和发展中国家界限，以迫使中国等发展中大国承担减排限额，导致哥本哈根会议近乎无果而终。全球 2050 年减排一半的目标并没有把握能够实现，但是世界各国对气候变化问题高度关注，世界科技界、企业界、金融界都看好绿色经济发展的新机遇，生怕搭不上车，失去竞争力，丢掉新市场，这种势头已经十分明显。随着全球气温的进一步升高，发达国家

其他能源都可以说"不"，唯有煤炭只能说"是"。似乎煤炭可以做到要多少就能生产多少。然而，我国煤炭符合国际煤炭生产的安全、高效、现代化生产条件的产能不但现在十分有限（只有 10 亿吨左右），未来也将受到资源条件的严格限制。加上其他环境、土地、水资源等方面的制约，我国未来煤炭的产能很可能将远远低于人们的期望。不管从供应保障方面，还是从效率环境方面考虑，我们都必须尽快下大力气，寻求能源供应如何尽快实现多样化的战略答案。

第七节　能源供应的对外依存度逐步提高，能源安全问题不容忽视

受国内油气资源的限制，我国石油消费增量主要依靠进口满足。现在石油的对外依存度已经超过了 50%，今后石油对外依存度还要继续扩大。同时，随着天然气进口的不断增加，我国和天然气出口国的能源经济联系也将不断加强。即使是煤炭，近年来进口量也有显著增加，进口煤炭已经成为影响国内煤炭市场和边际价格的重要因素。在我国经济如此深度融入世界的过程中，适当增加能源资源进口是十分必要和正常的。今后还要继续扩大利用国际资源的数量和种类。

在我国进一步走出去利用境外能源资源的同时，能源安全问题必须进一步引起必要的关注。在各种能源需求预测和情景分析中，我国石油进口数量将很快超过日本，今后的石油进口量有可能接近美国现在的石油进口量。对大量进口石油带来的国际地缘政治影响，我们需要提前考虑，做好必要的准备工作。发达国家进口石油曾经依靠对石油出口国的直接控制，甚至不惜动用武力以维护其所谓能源安全。美国的中东政策总体上讲是失败的，对中东地区的控制、反控制斗争，不但是目前国际恐怖活动的起因，而且也是中东战争的主要因素。当前的国际能源安全框架主要目的是防止石油输出国对发达国家用石油禁运作为武器，而对中国等发展中国家成为国际石油市场的重要成员，并没有给以充分的考虑。从某种意义上讲，我

国还缺乏对世界石油安全问题的话语权。

以石油价格为代表的国际能源价格，已经成为重要的能源和经济安全问题。国际石油财团（包括石油输出国的和跨国石油集团）利用对石油资源的垄断，形成了以石油期货贸易引导市场油价的国际油价定价机制，采用金融手段干预国际石油期货贸易的方式，不断推高国际油价。而我国这样的新兴进口大国，对石油价格完全缺乏实际的话语权。石油价格的剧烈波动和反复冲高，对我国的经济安全将带来越来越多的直接影响。

我们在制定中长期能源发展战略时，应该充分考虑尽可能通过能源多样化发展，更加注意进口能源的节约和合理替代，同时也要制定相应的能源外交政策，确保我国利用境外能源资源的安全发展。

第二章 | 我国各种主要能源的供应能力和发展潜力

　　我国国土资源辽阔，人口众多，能源消费量大，必须主要依靠自己的能源资源，解决当前和未来的能源需求，同时也需要适当地进口一些我国相对短缺的能源资源。为了更好地规划我国未来的能源发展，制定中长期能源发展战略，必须首先摸清我国国内各种能源资源的现实情况、在今后几十年内可获性及其相应的技术和经济条件。

　　各种能源资源的赋存数量是决定能源供给能力的基本条件。没有一定的资源基础，即使技术经济条件具备，也难以形成足够的供应能力。但是，从世界能源发展的历史和现实来看，能源资源的自然赋存数量具有很大的相对性。化石能源的所谓地质储量或总资源量，是在一定技术经济条件下已经发现或预计可以被发现的数量。随着技术经济条件的变化，这些数量也在不断发生变化。资源的赋存条件，包括丰度和集中度，也是十分重要的因素。在资源总量有一定规模和保障程度的前提下，各能源品种的技术经济性质、可能提供的能源服务的性能和质量、开发转换过程中的经济成本（包括环境外部性）等因素，将决定哪些能源会优先得到利用。

　　在全世界的化石能源中，天然气水合物的资源量大大超过煤炭、石油和天然气资源量的总和；煤炭的资源总量也远远高于石油和天然气。但是，由于石油在集中开发和利用中具有优秀品质，世界能源进入了石油时代。迄今为止，石油仍然是世界上消费量最多的能源。由于天然气的勘探开发和输运技术的不断进步，在多数国家中天然气成为除石油以外的第二大能源，只有中国等极少数国家以煤炭为主。可再生能源中资源量相对较小的水电，得到了比较充分的开发，而资源潜力巨大的其他可再生能源在世界商品能源总量中仍然十分有限。

在进行能源资源评价分析，对未来我国能源可能的供应能力进行比选优化过程中，我们要考虑资源赋存总量的因素，认真分析资源总量对现实和长远的供应能力形成的约束条件。但是，资源赋存总量仅仅是约束条件之一。更重要的是各种能源在一定技术经济条件下的实际可获性，以及在一定时期的可持续能力。各种能源在我国的中长期能源战略中的地位，将主要取决于它们可能提供的能源服务质量、提供同等能源服务的经济成本，以及环境生态影响等技术经济特性。

第一节 我国煤炭的供应能力

我国煤炭资源丰富，仅次于美国和俄罗斯，居世界第三位。截至 2005 年年底，我国煤炭已探明资源的保有量为 10 430 亿吨，其中已利用资源量 4036 亿吨，剩余可采储量 1126 亿吨；尚未利用资源量 6394 亿吨。还有潜在资源量 1.6 万亿吨。如果仅从资源数量上看，煤炭供应量还可以继续增加，并保持长期供应。

我国煤炭资源的区域分布不均，和消费中心分布差异大：北方查明的资源量占 90%，南方仅占 10%，而且南方的 77% 煤炭资源在经济相对落后的贵州和云南。经济发达、人口密集的东部资源量为 800 亿标准煤，仅占全国煤炭资源总量的 7%。新疆地区的煤炭储量很大，但远离消费中心。

我国煤炭资源地质赋存条件复杂，在现有的近 30 亿吨实际产量中，露天矿产量只有 4% 左右，其余都是井工开采，许多矿井是深层作业，平均采深已经达到 600m，部分煤矿已经超过一千多米。而在美国 11 亿吨的产量中，露天矿占 2/3。

有多种因素影响煤炭的科学合理的生产能力。其中第一强的约束应该是安全生产条件。煤炭生产是否安全现在已经成为决定煤炭生产能力的最重要前提条件，今后对安全的要求会更高，是煤炭科学产能的硬约束。

我国常规天然气预测的可采资源量为 22 万亿立方米，已探明可采储量为 3.9 万亿立方米，目前勘探尚处于早期阶段，开发也正处于快速发展阶段，2008 年产量还不到 900 亿立方米，有很大的增产空间。21 世纪以来，天然气每年新增探明可采储量已经连续几年高于 3000 亿立方米。预计到 2030 年前后，每年新增探明可采储量仍可能保持在 3000 亿立方米以上，之后将缓慢下降，到 2050 年前仍可保持在年均新增探明可采储量 2000 亿立方米左右的水平。

煤层气作为一种非常规天然气，已经有成熟的勘探开发生产技术，美国 2008 年的煤层气产量已经超过 500 亿立方米。我国煤层气资源比较丰富，预测可采资源量 10.9 万亿立方米，仅次于俄罗斯和加拿大，居世界第三位，可作为天然气资源和发展产能的重要补充。煤层气的勘探由于受到体制方面的影响，迄今仍然处于初期发展阶段，产量只有几亿立方米。今后增产潜力较大，可以作为天然气生产的重要补充。

现在，一些非常规天然气资源已经开始成为国外天然气生产的主力，例如，美国页岩气已经大规模开发，大大地扩大了天然气的资源潜力。近年美国页岩天然气勘探和开发技术有较大突破，页岩气已经成为美国新增天然气产能的主力，使天然气资源量和产能大幅度提高。从美国、俄罗斯两个天然气生产大国的情况看，在天然气资源与石油大致相当时，天然气产量一般比石油高。

我国今后天然气和煤层气增产的实际潜力大。我国天然气（不含煤层气）的产能，2020 年可以达到 2000 亿立方米以上，2030 年可以达到 2500 亿立方米以上。而煤层气 2020 年可以达到 250 亿～300 亿立方米，2030 年 400 亿～500 亿立方米，2050 年 500 亿～600 亿立方米。从潜力和美国发展经验看，这个预计产能是比较稳妥的，可以将 2030 年产 3000 亿立方米天然气作为发展战略的资源保障，而且如果组织得好，还可能有一定的上推空间。

国内对页岩气的认识还处于十分早期的阶段，各种初步预测差别较大，但都可能使我国天然气地质储量的数量有成倍的增加。如果我国页岩气的勘探发现和开采技术得到突破，则天然气的产能和供应保障时间将可能出现新的明显变化，有可能大大超过目前的估计数量。

由于我国天然气产量还远远没有达到高峰期，勘探开发成本不会随着产量提高而加速提高。随着天然气基础设施的不断发展和完善，我国国内天然气生产成本和可以接受的价格，将不会高于各种可能的进口天然气价格，具有较好的竞争力。国际天然气资源十分丰富，天然气的等热值比价明显低于石油，天然气的供应能力还有很大的提升空间。

第四节　我国水电资源的供应能力

我国水力资源丰富。国家 2005 年水力资源复查结果表明，大陆上水力资源理论蕴藏量在 1 万千瓦及以上的河流有 3886 条，理论资源平均功率为 6.94 亿千瓦，年发电量可达 6.08 万亿千瓦时。按可装机容量 500 千瓦及以上的水电站计算，技术上可开发装机容量 5.42 亿千瓦（含西藏 1.1 亿千瓦），年发电量可达 2.47 万亿千瓦时，经济上可开发的水电站装机容量为 4.02 亿千瓦，年发电可达 1.75 万亿千瓦时。相当于每年可替代燃煤发电消耗的 5.4 亿吨标准煤。

我国小水电资源丰富，可开发的资源有 1.2 亿千瓦，居世界首位，占全国技术可开发水能资源的 22%，其中西南地区可开发资源高达 4900 万千瓦。

我国水能资源的地域分布极不均匀，西部多、东部少，西部 12 个省区市占全国水能资源的 82%，其中西藏、四川和云南占 64%。截至 2008 年年底，我国水电装机虽然已达 1.72 亿千瓦（含抽蓄），但按相应的发电量计算，经济可开发水力资源只利用了不到 1/3。现在未开发的水力资源主要集中在西南地区，西北地区也有一定潜力，其他地区潜力已经不大。

工业化国家十分重视水力资源的开发利用。美国、日本等的经济可开发水力资源利用率已经达到 82.1% 和 83.6%，法国和德国分别达到 80% 和 73%，化石能源十分丰富的加拿大也达到了 65.3%。我国也应该把发展水电放在优先地位。我国具备了充分开发可利用水力资源的技术能力和投资能力。尽管水电分布比较集中，部分水电需要长距离外输，但由于水电的可靠性高、可控性强，仍然是十分具有竞争力的优质资源。水电开发没有真正实质性的经济和技术障碍。我国可以继续快速发展水电，2030 年常规水电装机可达 3.2 亿千瓦，加上小水电，总装机可以在 4 亿千瓦以上。除西藏地区外经济上可开发的水力资源基本上开发完毕。随着水力梯级开发，水电实际平均年发电时间可以明显提高，相应可以提供的能源数量也有明显提高。2050 年，随着经济上可开发水电资源比例的提高，水电装机还可以有所提高，现在预计可以达到总装机 4.5 亿千瓦左右。

水电开发的主要障碍是库区移民，以及相应的环境影响问题。如果移民问题处理不好，将对水电发展造成很大影响。由于水电的经济性很好，有解决好移民的经济条件，但要从相关政策上进行调整，需要认真解决，才可以使水电资源得到利用。对水电的环境影响的认识和价值判断问题，也是水电资源开发利用的制约因素，有可能成为部分水电资源不能作为能源资源利用的重要原因，因而需要多做工作，统一认识。

第五节 | 我国核电能源的供应能力

核电是重要的一次电力，也可以成为重要的一次能源。在 2030 年和 2050 年核电可以发展的规模，不但要考虑铀资源的可供性，还要考虑安全可靠的核电技术的可应用性，以及核电建设规模和速度可以达到的水平。

我国可以利用现在已有的、成熟的核电技术，实现核电的快速发展。现在世界上正在运行的 400 多台核电机组中绝大多数应用的是所谓二代核电技术。二代核电技术已经是经实践检验证实、可以安全可靠运行、具有市场经济竞争力的核能利用技术。经过不断的改进提高，我国现在已经掌握可以大规模应用的改进二代技术，安全性和可靠性已经比国际上多数正在运行，或将把运行寿命从 40 年延长到 60 年甚至 80 年的核电站更高。即使完全利用现有成熟技术，也可以支撑近中期的核电快速发展。如果正在引进的更先进 "三代" 核电技术，能够较快地得到实际应用的验证，同时经济性也达到预期，更具备经济竞争性，则我国的核电发展就有了更多的选择。

世界上曾经成功地实现过核电大规模快速发展的美国、法国等，在核电建设的高峰期，20世纪70年代和80年代就分别达到过年投产10台和8台的规模。我国在电力建设中已经达到过一年建成8000多万千瓦大型火电的规模。我国完全可以实现年均核电装机超过1000万千瓦的建设速度。从现在核电已经开工和各方面进行的准备投建的情况看，2020年建成7000万千瓦核电是完全可能的。而且如果工作做得好，不出现政策的摇摆，还有可能进一步提高建设速度。将这种速度保持下去，使每年核电建成的速度提高到1200万千瓦以上，2030年我国将可以建成核电2亿千瓦。从我国建设大型火电水电能力可以达到一年1亿千瓦的经验推断，只要有需要，以后实现每年投产2000万千瓦以上核电，经过努力也是完全可能的。

我国铀矿资源比较丰富，在近年的第二轮资源预测中预测资源量有可能超过200万吨。现在的探明程度还比较低。在我国现有的铀成矿带（区）、500m以深区、工作程度低区、空白区中具有较大的资源潜力，还有相当大的找矿区没有进行勘查。我国的非常规铀、钍等核燃料资源也很丰富，今后可以成为重要的核电铀资源。

但是，世界上有不少国家铀资源储量分布和开发条件比我国更有优势，已经形成较大的供应能力。只要有进一步投入，就可以形成更大的供应能力，具有明显的成本优势。世界上已经发现的保有可采铀资源数量已经可以支撑核电的进一步发展。我国应该尽可能多地利用境外资源。可以明确地肯定，只要认真做工作，铀资源供应不会成为我国在近中期大规模发展核电的硬性制约条件。

可以将核燃料的利用率提高几十倍的快中子增殖反应堆，国际上已经成功建造了几个原型堆，但还有一些工程技术问题亟待解决，又加上20世纪80年代后，世界核电发展转入萧条，铀资源需求下降，对发展快堆的需求拉动减弱，进展迟缓。目前我国正在研发快中子增殖堆技术有望于30年后进入产业化阶段。核燃料将不会成为进一步大规模增加核电发展的资源性制约。只要有需要，我国核电可以继续保持每年1000千瓦以上的发展速度，2050 年建成和运行 4 亿～ 5 亿千瓦核电也是可能的。

目前快堆的研发示范进展不够快，快堆的经济性也比热堆差。如果快堆 2040 年才能进入实际商业利用阶段，则由热堆转入热堆快堆增殖循环阶段还要有相当一段时间。我国的核电发展将可能需要累积解决 300 万吨或甚至更多的天然铀供应问题。每年的铀需求量将从现在的千吨数量，逐步上升到数以万吨计。这对保障核电铀资源供应也提出了巨大的挑战。我国需要从现在起，把铀资源供应问题作为一个重大的能源资源问题，进行必要的战略规划，制定具体步骤，创建必要的体制机制，认真落实，才能使铀资源供应的可能性转化为现实性。

第六节　我国风能发电的供应能力

我国风能资源分布较广，迄今仍不可对所有的地方进行实际测量，而只能用现有气象观测结果，结合少数抽样性风力资源测量结果估算。本次研究建议的陆上可以进行风电开发的风力资源为 6 亿～ 10 亿千瓦；水深 20m 以浅，有可能开发的近海风电资源量为 1 亿～ 2 亿千瓦；合计风电资源可以达到 7 亿～ 12 亿千瓦。假如这些资源全都得到充分开发，我国风电的年发电量可以达到 1.4 万亿～ 2.4 万亿千瓦时。随着风力发电技术的不断进步，可利用风力向高度延伸，风电资源可利用总量还有很大潜力；因此我国开发几亿千瓦风电是可以有资源保障的；而近中期风电开发的实际制约条件在于风电的技术经济特性。

我国目前风电上网电价为 0.51 ～ 0.61 元 /(kW·h)，明显高于其他电源。风电是非连续电源，在风力资源条件好的地方平均折合满功利用时间可以超过 3000h，但目前已有的风电场多数达不到 2000h。风电对电网运行和以风电为主的输电线路运行的稳定性形成了很大的挑战。如果风电装机数量达到一定比例，就必然要求电网有足够多的备用容量和相应的调制能力。从单纯技术可能的角度看，通过加强电网能力的各种技术措施，可以提高对风电的接入能力，但实际形成的附加成本和对电网其他发电能力效率的影响将不容忽视。另一种技术选择是要求风电场本身也要配备足够的储能设施，使风电输出的稳定性大幅度提高。这些技术措施都将明显的带来附加成本。

我国风电资源强的地区大多分布在北部偏西和西北，而这些地区电力负荷有限，难以大规模就地消化风电，并远离东部电力消费中心。如果风电装机以千万千瓦级的形式在西北部地区发展，需要切实解决电网接入能力的制约的问题。当前，电网输配电的费用在用户电费中已经占到了40%左右，在长距离输送水电和火电的条件下输配电费用占到用户电费的一半以上。如果把每年平均功率运行时间只有2000h左右的风电长距离输送到用户，其输送成本也将远远高于煤电和水电。如果考虑风电不连续性对电网稳定运行带来的附加成本，风电大规模发展的经济性将受到很大的挑战。当前还没有进行相关的经济分析。

风电的经济性和电网接入条件的制约将成为近中期风电发展的现实制约条件。风电在2020年，甚至2030年可以发展到什么程度，有较大的不确定性，需要更多的实践和研究。如果期望我国2020年的风电装机数量达到1亿千瓦或更多，需要从发展对电网友好的风电技术、大规模储电（储能）技术、先进的电网管理和调度技术等采取综合措施。随着我国风电开发规模的不断扩大，风电发展的技术发展重点，将从风力发电机组的大型化，向风电和用电输电系统的相互配合方面转化。

第七节　我国太阳能发电的供应能力

我国接收到的太阳能总辐照量数量惊人，除了部分区域日照小时数较低外，多数地方可以在不同程度上发展太阳能发电和太阳能热利用。

太阳能发电可以利用的能源数量，将取决于太阳能发电的经济性。目前我国太阳能光伏集中规模发电的单位千瓦投资仍然要在1.5万元以上，年平均利用时间折合不到1500h，经济有效的上网电价仍然要达到每千瓦时1.5元左右。光伏发电的成本还有一定下降空间，但还需要有更多的突电（4.5 亿吨标准煤）、生物质能（2 亿吨标准煤）、风电（1.8 亿吨标准煤）、太阳能热利用（0.4 亿吨标准煤）、太阳能发电（0.22 亿吨标准煤）。

2050 年的国内供应能力：煤炭 30 亿吨，石油 2 亿吨，天然气 3000 亿立方米，水电 4.5 亿千瓦，化石能源难以继续增加，煤炭甚至可能有所减少。核电 4 亿千瓦，以上折合一次能源 42.12 亿吨标准煤（21+2.86+3.86+5.4+9=42.12）。其余能源将主要依靠非水可再生能源或进口油气。如果石油天然气进口量维持不变，折合一次能源 7.64 亿吨标准煤，风电达到 4 亿千瓦，发电折合 2.4 亿吨标准煤，太阳能发电 4 亿千瓦，折合 1.8 亿吨标准煤，生物质达到 3 亿吨标准煤，太阳能热利用达到 0.5 亿吨标准煤，则我国一次能源供应能力可以达到 57.5 亿吨标准煤。从 2050 年的条件看，我国维持进口 4 亿吨石油、1500 亿立方米天然气已经是比较高的数量，国内天然气和石油产量长期维持高位，煤炭科学产能也一直保持高位，这些方面的不确定性比较大。

以上对我国不同时期能源供应可能性的分析（表 2-2），基本上是各种能源在不同时期有较大可能达到的上限。虽然个别能源品种最大可能潜力的争议仍然较大，但开发不确定性也随之提高，其中包括煤炭的安全科学产能、生物质实际可利用资源以及可能的增量等。此外，现在提出的数量对一些重要能源品种按照供应上限考虑，如水电、核电、天然气。这方面的资源和技术经济条件比较成熟，没有什么还没有解决的技术障碍，只要努力去做，就可以实现。这些能源的高速发展，对保障我国能源供应的作用十分明显，但也难以再做更乐观的估计。风电和太阳能的利用，也是相当积极的估计。从资源潜力上看，还可以继续发展，但是在今后各时段实现上述的供应量，还要克服许多技术和经济性的未决难关。煤炭未来的产能和现在已经达到的产量相比，似乎偏低。但是，考虑到安全高效科学产能的条件，能否实现这个科学产能仍有很多困难。生物质能源是否可以成为更加重要的能源，将看今后资源以及技术发展的情况。

表 2-2　我国未来能源可能的供应能力及温室气体排放量

项目	2020 年			2030 年			2050 年		
	能源供应潜力		温室气体排放量/亿吨CO_2	能源供应潜力		温室气体排放量/亿吨CO_2	能源供应潜力		温室气体排放量/亿吨CO_2
	实物量	标准量/亿吨标准煤		实物量	标准量/亿吨标准煤		实物量	标准量/亿吨标准煤	
总量		39.3～40.9	80.3～82.6		49.1	85.9		57.5	85.9
国内供应		33.7～35.4	68.85～70.12		41.44	70.28		49.82	70.28
其中：煤炭	30 亿吨	21	57.60	30 亿吨	21	57.60	30 亿吨	21	57.60
石油	2.1 亿～2.3 亿吨	3～3.29	6.49～7.11	2 亿吨	2.86	6.18	2 亿吨	2.86	6.18
天然气	2200 亿～2500 亿立方米	2.83～3.21	2.17～3.25	3000 亿立方米	3.86	6.50	3000 亿立方米	3.86	6.50
水电	3.2 亿千瓦	3.27		4 亿千瓦	4.8		4.5 亿千瓦	5.4	
核电	7000 万～8000 万千瓦	1.63～1.86		2 亿千瓦	4.5		4 亿千瓦	9	
生物质能	1 亿～1.45 亿吨标准煤	1～1.45		2 亿吨标准煤	2		3 亿吨标准煤	3	
风电	1 亿～1.5 亿千瓦	0.62～0.93		3 亿千瓦	1.8		4 亿千瓦	2.4	
太阳能热利用	3000 万吨标准煤	0.3		4000 万吨标准煤	0.4		5000 万吨标准煤	0.5	
太阳能发电	1000 万～2000 万千瓦	0.046～0.092		5000 万千瓦	0.225		4 亿千瓦	1.8	
进口能源		5.57	11.44		7.64	15.61		7.64	15.61
其中：石油	3 亿吨	4.28	9.27	4 亿吨	5.71	12.36	4 亿吨	5.71	12.36
天然气	1000 亿立方米	1.29	2.17	1500 亿立方米	1.93	3.25	1500 亿立方米	1.93	3.25

注：CO_2 排放系数来源于国家发展和改革委员会能源研究所；假设化石燃料除直接燃烧排放 CO_2 外，其余用作工业原料的大部分最终也以燃烧利用为主，未考虑少量用于生产不能短期降解高分子化合物的部分。

　　目前的供应潜力分析还没有把温室气体排放因素考虑在内。如果对我国温室气体排放制约的因素考虑在内，我国的能源供应能力将受到重大影响。首先化石能源的使用量将明显下降，特别是煤炭。即使采用碳封存（CCS）技术，则同样数量的煤炭能够提供的终端能源服务将下降 20% 左过去那种依靠资源性产品扩张，片面扩大制造业产能的增长方式，即便在短时间内仍然有一定惯性，但必然在较短的时间内进一步受到多方面条件的制约而不得不进行重大调整。能源消费增长的动力将发生明显的变化。

综上所述，我国可持续发展的能源需求分析，并不是不顾未来可能出现的经济增长和相应的能源需求增长，非要制订一个限制经济较快发展的低能源需求方案出来。我们的目的是客观地认识今后我国经济发展的规律和必然途径，揭示能源消费领域应如何反映和配合发展方式的重大转变，取得经济社会和资源环境的协调发展，以更好地更经济高效地支撑我国经济社会的高质量、长期较快发展。

在实践科学发展观条件下的我国 2030 年和 2050 年能源需求，应该有以下几个基本判断。

第一，我国能源消费总量还将明显增加。但是当前的能源增长方式是不可持续的。我国能源不可能较长时间地继续维持前一阶段的增长速度，需要争取持续明显降低能源强度，控制能源增长速度。科学、健康、合理的消费方式的建立，能源技术的不断进步，将可以使我国用有限的能源消费增长，支撑经济和社会较长时间平稳较快发展，并明显提高人民得到的能源服务水平。能源消费增长方式的转变将成为发展方式转变的重要组成部分，能源消费方式转变不但是发展方式转变的结果，也是发展方式转变的重要抓手和标志。

第二，我国必须用创新的观念和实践，探索和开拓我国未来的能源消费模式。发达国家目前的能源消费方式不能成为我们未来能源消费的目标模式。首先，世界的能源资源条件，不能支撑中国这样的人口大国重复发达国家现有高能源消费模式；其次，发达国家在应对气候变化过程中，也将不得不显著减少人均能源消费量；最后，技术进步将大幅度提高终端用能设备和产品能源利用效率，可用少得多的能源提供同样的能源服务。我国必须也完全有可能用明显低于发达国家现有人均水平的能源消费实现工业化和现代化。

第三，转变发展方式将十分急迫。2020 年前能源消费增长结构和速度都将有明显变化。由于经济发展的惯性，"十二五"期间将是转型最艰巨的时期，但必然出现明显变化，2020 年将显现重大调整。2030 年我国将基本实现工业化，人均 GDP 超过 1 万美元，进入比较富裕阶段，城市化取得重大进展，基础设施比较完善，环境保护取得重大成效，能源消费结构和内容将逐渐向优质、清洁、低碳方向转变。2030 年以后，能源结构将在提高生活质量、发展后工业化社会的需求下，向低碳化迈出更大步伐。

第四，我国基本国情决定必须提高能效。我国人口多，资源环境压力大，要实现工业化、现代化，必须要在发展过程中明显提高能效，使我国的工艺过程能耗、工业增加值能耗、单位 GDP 能耗尽可能快地赶上国际先进水平，而且引领国际能效水平。不能想象一个世界最大的经济体，且在总量上显著超过其他经济体的国家，能够以落后的能源技术效率和能源经济效益加以支撑、得以发展和持续。尽快提高能源效率，才能推动我国实现经济的持续较快增长。

第二节　展望我国未来经济社会发展

一、经济保持平稳较快增长

我国未来的经济社会发展质量和速度，将决定未来的能源需求。实现平稳较快经济增长是我国经济社会发展的基本需要。"基本实现现代化"和"到 21 世纪中叶人均国民生产总值达到中等发达国家水平"是"三步走"的战略目标。争取更长时期经济平稳较快发展已经成为全国上下共同的愿望和努力方向。迄今为止，我国已经实现了连续 30 年经济增长率平均达到 9.8%，是世界经济发展史上的一个奇迹。尽管现在期望继续推高增长速度，但是从我国的经济总量和可能的经济增长内容上看，今后如果能够保持一个相对较快的速度，已经很不容易。从劳动生产率提高和技术进步的可能性看，经济增长速度不宜过高，否则就将主要依靠过高的投资和自然资源的"地租"支撑。我们要防止头脑过热，要充分认识和遵循经济发展的客观规律，在增长速度上要质量好些、速度合理些。

乐观地设想，我国 2010 ～ 2030 年 GDP 的年均增速在 8% 左右（应该认为这样的速度设想已经是过于乐观的了），2030 ～ 2050 年在 4% 以上；2030 年 GDP 规模达到 130 万亿元，2050 年人均 GDP 达到 1.8 万～ 2.2 万美元，GDP 总量达到 300 万亿元人民币左右，是 2005 年的 15 ～ 16 倍。实际上经济增长速度再低一些，例如，2010 ～ 2030 年速度为 7% ～ 7.5%，也已经是很了不起的增长，发展也更稳妥一些。

我国人口总量过大，单位土地资源负荷沉重，需要保持我国人口政策基本不变，使 2030 年前年均人口自然增长率在 4.5‰ 左右，2030 年后人口自然增长率将出现零增长甚至负增长，2030 ～ 2040 年出现近零增长，2040 ～ 2050 年的年均人口自然增长率在 –2.5‰ 左右。在这种趋势下，我国人口峰值有可能控制在 15 亿以内，峰值年份在 2030 ～ 2040 年，2050 年的人口规模有可能降至 14 亿左右。

城市化在我国未来经济社会发展中具有举足轻重的作用，随着经济发展和社会进步，农村劳动力将逐渐向城镇转移，已成为经济社会的发展规律。要实现较低的能源需求量，城市化的发展速度和规模也要适应我国人口大国的特征，2030 年我国城市化率为 61% ～ 67%，2050 年应该为 66% ～ 75%。

二、生活水平明显提高，合理消费体现国情

在发达国家能源消费中，工业能源消费只占 30% ～ 40%，和人民日常生活密切相关的居家、工作以及出行的能源服务占到 2/3，即建筑物用能（含各种建筑物内的用能设施）占 30% ～ 40%，含私人汽车用能在内的交通能源消耗占 30% ～ 40%。我国目前虽然工业能耗占总能耗近 70%，但近年来居民用电和服务业用电的增长速度很快。随着我国经济社会的不断发展，人民生活水平不断提高，消费水平也将显著提高，今后我国建筑物用能和交通用能的发展，将越来越成为影响我国未来能源需求增长的重要因素。

生活能源服务需求和建筑物面积明显正相关。在建筑物面积不断增加

的同时，需要引导住房消费模式，合理约束人均住宅建筑面积，2030年控制人均住宅建筑面积不超过38m²，住房条件基本接近日本、新加坡等发达国家目前的水平。2050年也不超过40m²。人民居住水平的提高，将主要通过增加住房能源服务质量、增加公共服务设施、合理城市布局、增加城市绿地等方面实现。从我国国情出发，人均住宅建筑面积达到40m²，更多体现公平原则，缩小人们在居住面积上的差距，可以形成比较舒适的居住条件和满足中等居住水平。

预计在2030年前，我国在实现工业化、城市化和全面小康社会的进程中，每年新增建筑竣工面积仍然将保持一定水平，但不会显著超过目前的建筑规模。即便考虑到年均将拆除8亿平方米老旧建筑，2005～2020年每年新增建筑面积约25亿平方米，高于2000～2008年年均23.9m²的竣工建筑面积；2020～2030年每年新增约17亿平方米；2030～2050年每年新增建筑面积将明显放缓，年均增加12亿平方米左右。到2030年全国在用建筑物面积将达到750亿平方米左右，2050年全国在用民用建筑面积达到820亿平方米。其中，公共建筑的增速将超过住宅。公共建筑是指各种商业、教育、政府、医院、金融及其他公共服务建筑。为提高人民接受各种服务的水平，使我国人民在教育、医疗、体育文娱、购物休闲等方面有比较充足的服务设施，工作环境得到改善，今后将合理增加公共建筑面积，到2050年公建面积将占到房屋建筑面积的30%以上（表3-3）。

我国拥有十几亿人口，耕地面积不能低于18亿亩将成为长期目标，非农用地的短缺将是不可改变的因素。未来二三十年每年都有1000多万农村人口转移到城镇，城镇将居住着大量中低收入人群。我国城市土地稀缺程度将伴随工业化、城镇化进程会不断加剧，合理引导住房需求、抑制盲目追求美国式别墅和大户型的住房消费模式将成为必然选择。出台鼓励中小户型政策，增加经济适用房和两限房的比例和监管力度，稳定房价、降低房产投资回报率，控制投资性购房需求等，可以有效实现人均住房面积控制目标。近年在商品房合理单套面积上，国家出台了要求90m²及以下平方米户型在商品房中要占70%的政策，曾经受到不同意见的质疑。但是，近年全国性的地价和房价上升，从市场方面进一步说明我国城市大户型难以为继的现实。目前大城市的每平方米房价都达到以万元计，中等城市的房价也都达到几千元的水平，已经远远超出工薪百姓的收入支付能力。事实说明，中小户型将成为今后城市化居民用房的主流。

表 3-3　未来建筑面积变化情景

项目	单位	2005 年	2020 年	2030 年	2050 年	备注
全国人均住宅建筑面积	m²	27.9	37.0	38.1	40.0	
全国人均住宅使用面积	m²		29.6	30.5	32.0	
住宅建筑面积	亿平方米	360	540	560	570	
公共建筑面积比例	%	10	19	25	30	
民用建筑总面积	亿平方米	405	660	750	820	
民用建筑总面积	亿平方米	540	780	950	1180	含拆除面积
年均竣工建筑面积	m²	23.9	25	16.5	11.5	含拆除面积
区间年		2000~2008 年	2005~2020 年	2020~2030 年	2030~2050 年	

注：每年拆除面积按 8 亿平方米计算。

有效提高建筑使用寿命，减少资源浪费。我国建筑的平均寿命"50 年罕见、30 年普遍"，不及国标规定最低使用年限的 60%，被拆除的建筑的平均寿命是 30 年。很多属于正常使用年限的建筑被强行拆除，大大缩短了住宅的使用寿命。据统计，21 世纪初，我国拆迁房屋的面积相当于新增商品房竣工面积的 37% ~ 41%，我国每年老旧建筑拆除率占新建建筑面积的 40% 左右。为"建筑短命"算笔浪费账：2008 年全国城镇住宅建筑面积约 120 亿平方米，以平均每平方米建安造价 1000 元计算，如其使用寿命由平均 30 年增加为 50 年，则可节约近 8 万亿元；算资源浪费账：每建造 1 亿平方米的建筑物，需要消耗约 410 万吨钢材、2200 万吨水泥和 240 万立方米木材。按照目前的耗材水平，将多耗近 5 亿吨钢材、26 亿吨水泥、2.9 亿立方米的木材。仅钢材和水泥的能耗就达约 6 亿吨标准煤。

我国特别需要强调发展适合中国国情的节能建筑模式。在进一步提高建筑节能标准，加强标准在新建建筑和既有建筑节能改造中的应用的同时，更要引导合理的建筑物能源消耗方式，尽量保持通过自然通风、自然采光、合理控制室内温度等绿色消费习惯，降低对建筑物能源服务数量的不合理需求。中国的建筑物用能方式不能照搬发达国家单纯强调技术先进，忽视终端能源服务要求合理性的做法。

在提高民用能源服务水平、合理增加能源供应以外，今后我国还要通过提高建筑物能效水平，提高各种用能设施、设备和产品的能效，节约能源，用较少的能源增长实现能源服务水平的提高。

2009 年我国城镇新建建筑设计阶段执行节能设计标准的比例已达98%，施工阶段达标率也已达到 90%。通过建立节能建筑标识制度、新建建筑市场准入制度、既有居住建筑节能改造制度、建筑用能系统运行管理制度、建筑能耗统计制度和建筑节能技术、材料、产品的推广与限禁制度，以及所得税优惠、按用热量计价供热收费机制等。到 2030 年全国城镇既有住宅建筑面积中的节能建筑比例完全有可能达到 55%，公用建筑面积中节能建筑的比例达到 65%；2050 年全国城镇住宅面积的 75% 都可达到50% 的节能设计标准，其中还有部分能够达到 65% 甚至 75% 的节能设计标准，对于最易开展节能改造的公共建筑的节能建筑面积有望达到 95%。

在我国北方和过渡地区居民家庭用能中，采暖用能的比例占30%左右，提高北方地区住宅采暖设施的能源利用效率，可以大幅度减缓北方居民生活能源需求的增长速度。在采暖范围扩大、采暖天数延长、采暖舒适度提高的趋势下，通过优化采暖技术构成，保证集中供热比例，提高天然气供热份额；提升供热系统的调控能力，减少热网损失等，可以使单位采暖能耗下降，供热效率提高近 50%。

空调用能也是主要的建筑物用能需求。我们一方面要继续提倡保持节约好习惯，公共建筑物要通过建筑节能和合理调节温度，家庭提倡分室空调，减少不合理的空调能源需求；另一方面不断提高空调设备的技术和运行水平。家庭和公用电器和用能设施的技术进步和能效提高，将为建筑物节能提供有力支撑。近年来家用电器实施能效标准和标识制度，使家用电器的能源利用效率水平得到长足改善。例如，能效等级为 1 级的家用房间空调器的能效比已达到 7 ～ 8，比刚实行能效标识制度的 2 年前提高了 40% ～ 60%。照明技术的进步也十分明显，紧凑型荧光灯比白炽灯节电70%，半导体照明等先进照明技术可以使照明能效进一步提高。照明技术的进步和普及，已经带来了我国照明服务显著提高，而照明用电比例保持较低水平的效果。电视机计算机显示器不断革新，使大屏幕的显示器用电量低于过去较小屏幕电视和计算机。只要继续推动相关技术进步和普及，完全可以做到2030年主要家用电器的能效水平提高35%，2050年提高55%（表3-4）。

表3-4　建筑和家用电器节能情景展望

技术	效率	2030年比例	2050年比例	说明
节能建筑	节能50%	30%	20%	
	节能65%	25%	40%	
	节能75%	15%	30%	
节能冰箱	节能65%	100%	100%	
交流变频空调	节能30%	20%	0%	
直流变频空调	节能50%	60%	70%	
超级空调	节能75%	20%	30%	制冷效率COP > 7
紧凑型节能灯	节能80%	95%	97%	
节能洗衣机	节能30%	100%	100%	
节能电器	节能40%	95%	100%	
太阳能热水器		15%	45%	
室内用能方式		少用能210千克标准煤/户	少用能390千克标准煤/户	
LPG/天然气灶	效率51%	55%	0%	
节能LPG/天然气灶	效率58%	45%	100%	

今后居民在采暖空调和家用电器、燃气、热水、照明等方面的能源服务水平有明显提高。除了北方取暖外，过渡地带也将发展分散式电或燃气采暖。家用空调的普及率和使用时间得到较大的提高。各种家电普及率都达到较高水平。特别是电器的能效水平提高很快。空调的市场能效水平目前已经可以达到性能系数（COP）为5.5，根据国家的新的能效标准，我国平均的能效水平为COP=3.5。从技术发展可能看，2040年市场销售的空调全部可以达到接近COP=8的水平。比传统液晶电视节能60%的LED电

视的市场销售率到 2010 年初已经达到 30% 以上，早于原来设想这种情况会在 2015 年出现的预计。每天耗电在 0.3kW·h 以下的冰箱已经开始进入市场。紧凑型节能灯的普及率在大城市已经超过 90%，中小城市超过 70%（表 3-5）。

表 3-5　未来城市居民用能情况

用能服务	单位	服务水平		
		2020 年	2030 年	2050 年
需要采暖户比例	%	42	44	48
采暖强度指数，2000=1①		1.35	1.5	1.6
采暖时间指数，2000=1		1.33	1.36	1.4
50% 及以上节能标准建筑比例	%	20	45	65
百户空调拥有量	台	130	180	260
空调强度指数，2000=1		1.3	1.4	1.6
空调利用时间指数，2000=1		1.6	1.8	2.2
百户冰箱拥有率		100	120	130
冰箱平均容量	L	250	310	390
冰箱效率	kW·h/d	0.8	0.8	0.7
洗衣机拥有率	台/百户	100	100	100
每周洗衣机利用次数	次	5.4	8	8
电视机拥有率	台/百户	180	220	290
电视机平均功率	W	320	300	280
每台电视机每天观看时间	h	3.5	3.2	2.9
照明节能灯普及率	%	100	100	100
每户照明灯数（40W 荧光灯标准照度）	个	14	21	27
热水器拥有率	%	100	100	100
太阳能热水器拥有率	台/百户	18	25	33
百户电炊具拥有率	个	130	140	260
电炊具每天利用时间	min	12	30	50
其他家电容量	W	1500	1800	2300
其他家电每天利用时间	min	50	80	100

注：1 表示指数，即假设 2000 年的数据为 1，后同。

考虑到农村居民收入上升，以及农村居民居住模式为独体建筑为主，达到同样用能服务水平需要比城市居民的用能需求要多。2030 年以后，农村居民收入水平达到小康，家用电器基本完全普及，用能服务质量与城市相比相差不大。农村居民 2030 年以后人均生活用能将逐渐接近和超过城市人均水平（表 3-6）。

表 3-6　未来农村居民用能情况

服务	单位	服务		
		2020 年	2030 年	2050 年
采暖比例	%	42	44	45
采暖强度指数	2000=1	2.1	2.6	2.8
采暖时间指数	2000=1	1.5	1.7	1.8
50% 及以上采暖节能建筑比例	%	15	35	65
百户空调拥有量	台	45	70	190
空调强度指数	2000=1	2	2.6	2.9
空调利用时间指数	2000=1	1.7	2	2.1
冰箱拥有率	台 / 百户	70	95	99
冰箱平均容量	L	220	290	380
冰箱效率	kW·h/d	0.86	0.76	0.7
洗衣机拥有率	台 / 百户	78	94	100
每周洗衣机利用次数	次	4	6	12
电视机拥有率	台 / 百户	130	180	230
电视机平均功率	W	270	270	260
电视机每天观看时间	h	3.5	3.2	2.6
照明节能灯普及率	%	70	100	100
每户照明灯数（40W 荧光灯标准照度）		10	18	22
热水器拥有率	%	70	100	100
太阳能热水器拥有率	%	48	80	90
百户电炊具拥有率	%	55	70	100
电炊具每天利用时间	min	8	28	56
其他家电容量	W	1000	1300	1900
其他家电每天利用时间	min	30	60	90

大型公共建筑是能耗大户，单位面积能源消耗往往是居民住宅的几倍、几十倍。伴随服务业快速发展，大型公共建筑用能需求增速会很快，必须严格控制公共建筑比例，提高各类电器、设备能源利用效率（表3-7，表3-8）。特别是，应该严格控制兴建豪华办公楼，控制政府建筑、地标性建筑和形象工程，使新增公共建筑面积的增加年均保持在8亿平方米左右，年均增速不超过7.5%。通过开展大型公共建筑的能耗统计、能源审计、能耗定额和超定额加价等制度，提高公共建筑能源使用效率，减少能源浪费。

表 3-7　未来服务业用能情况

年份	大型公共建筑平均电器容量 /（W/m²）	电器节能率 /%	其他公共建筑平均电器容量 /（W/m²）	电器节能率 /%	采暖节能率 /%
2005	36.9		11.4		
2020	58.7	9	13.3	8	30
2030	72.1	19	14.9	17	65
2040	84.5	28	16.5	26	80
2050	95.1	41	18.0	40	95

注：采暖节能率以达到50%节能设计标准的建筑为主，也考虑达到65%和75%节能设计标准的建筑。

表 3-8　服务业技术参数

服务	单位	技术比例		
		2020 年	2030 年	2050 年
采暖比例	%	34	38	41
采暖强度指数，2000=1		1.4	1.6	1.7
采暖时间指数，2000=1		1.2	1.3	1.4
50% 以及上采暖节能建筑比例	%	30%	65%	80%
复印机拥有率	%	12	14	18
计算机拥有率	%	55	65	70
计算机使用时间强度指数，2000=1		1.3	1.6	1.7
电梯拥有率	%	16	18	20

三、建立起节能型交通运输体系，提高人民交通出行条件

交通运输的发展和现代化呈正相关关系。世界各国的交通运输量随着人均 GDP 水平的提高不断增加。在我国今后的经济社会发展中，必须充

表 3-14　分行业增加值　　　　　　　　　（单位：亿元）

项目	2005 年	2020 年	2030 年	2040 年	2050 年
农业	22 718	44 179	55 819	65 786	73 824
煤炭采选业	4 752	11 981	16 232	19 141	17 906
石油开采业	3 678	8 061	9 333	9 768	9 908
天然气开采业	1 136	3 626	6 800	9 418	11 135
黑色金属矿采选业	1 299	3 731	5 293	5 887	5 701
有色金属矿采选业	498	1 434	2 018	2 326	2 465
非金属矿采选业，其他矿采选业，木材及竹材采运业	528	1 442	2 002	2 370	2 585
食品饮料加工、制造业	5 079	17 646	30 226	41 891	51 018
烟草加工业	2 163	5 330	6 325	6 789	7 084
纺织业	3 860	11 532	16 829	21 148	24 271
服装皮革及其他纤维制品制造	2 435	7 378	11 435	14 908	17 495
木材加工及竹藤棕草制品业、家具制造业	896	2 801	4 548	6 100	7 283
造纸及纸制品业	1 460	4 131	6 334	7 695	8 403
印刷业记录媒介的复制，文教体育用品制造业	1 090	3 835	6 515	8 984	11 049
石油加工	1 567	4 259	6 363	7 793	8 628
化学原料及制品制造业	4 392	16 267	26 981	28 561	28 399
医药制造业	1 530	5 908	11 183	17 554	24 119
化学纤维制造业	490	1 458	2 359	2 867	3 102
橡胶制品业，塑料制品业	1 867	5 228	8 155	9 765	10 499
非金属矿物制品业	3 890	10 030	14 796	17 317	18 447
黑色金属冶炼及压延加工业	5 777	15 285	19 036	19 462	19 372
有色金属	1 930	6 312	8 681	8 967	8 906
金属制品业	1 930	7 767	14 351	19 599	23 510
普通机械、专用设备制造业	4 649	18 095	32 895	41 959	47 309
交通运输设备制造业	4 022	16 241	30 630	47 956	68 146
电气机械及器材、电子及通信设备制造业	9 296	35 819	63 465	95 041	129 371
仪器仪表文化办公用机械	807	3 380	6 420	10 105	14 353
其他工业	688	2 826	4 974	7 414	10 095
电力生产供应业	4 141	11 888	18 423	25 084	31 164
煤炭采选业	4 752	11 981	16 232	19 141	17 906
石油开采业	3 678	8 061	9 333	9 768	9 908
天然气开采业	1 136	3 626	6 800	9 418	11 135
建筑业	10 018	35 507	65 971	96 111	120 658
交通	13 805	62 930	145 707	264 175	402 143
其他服务业	59 163	226 485	501 785	916 576	1 427 951

　　当前我国能耗总量中近70%是工业用能,电力消费中工业占75%以上。而工业中高能耗产业的能源消费又占工业能耗的70%左右,即六大高能耗产业消费了我国近一半能源,且21世纪以来的工业能源消费的增长也主要是高能耗产业的超高速增长所致。高能耗产业的发展前景,对我国今后的工业用能前景具有决定性的作用。

　　2009年我国水泥产量已经达到16.5亿吨,占世界水泥总产量的50%以上;粗钢产量5.68亿吨,也已达到世界钢产量12.19亿吨的47%。继续依靠高耗能产业的不断扩张来保持GDP高增速已缺乏市场基础。例如,我国2009年人均水泥产量已达到1.24t,分别是美国、日本和英国2000年水平的3.3倍、2倍和5.8倍。2006年我国人均水泥蓄积量已达17～18t,2008年底我国水泥生产能力已达18.7亿吨,2009年又新建6亿吨产能,即便近年要淘汰1亿吨落后产能,水泥总产能也已达24亿吨。即使保持目前年产量不变,10年后我国的人均水泥蓄积量也将达到30t,将明显超过发达国家水泥消费饱和时人均水泥蓄积量为20～22t的水平;即使保持目前年产量不变,16.5亿吨的水泥可支持每年完成25亿～30亿平方米的竣工建筑面积、10万千米的公路、7000km的高速公路、6000km的铁路、1500km的高速铁路和改建新建20个机场。如果高耗能行业规模继续保持年均5%的增长速度,则需要在10年内我国既有建筑总面积扩大1倍,还要再新建150万千米公路、10万千米高速公路、2万千米高速铁路、150个机场,这将大大超出合理需求。对终端用途的分析充分说明,我国今后高耗能行业已经没有市场扩张的空间,即使在外部政策(如刺激性高投资)的短时间刺激下有所上扬,也会进一步导致产能大幅度过剩,导致高耗能产品制造业快速萎缩,造成巨大的社会财富浪费,对经济持续增长产生巨大冲击。

　　经过对我国今后主要水泥用途的各种工程建筑类型、公路桥梁、水利设施、城市公共基础设施、工业生产能力扩张情况的分析计算,考虑到不同工程实施的水泥的单位消耗量,得到留有余地的、比较保守的情景估计,我国水泥峰值需求量将发生在2020年前,水泥最大需求量为16亿吨左右,以后水泥产量不需要再增加,并逐步降低。

钢铁的需求也有类似的变化。2009 年在高强度投资拉动下，钢铁产量又创新高，但是月产量从 9 月开始下滑，行业也出现增产减收现象。行业协会的数据显示，2009 年中国钢铁工业协会重点监测的 68 家大中型钢铁企业全年钢产量增加 4204 万吨，较上一年增长 10%；但实现工业总产值却同比下降 12.75%，实现销售收入同比下降 10.1%，实现利润同比下降 31.43%。高投资带来的钢铁产能回弹已经难以维持，钢铁产量的峰值有可能出现得更早一些。基本可以认定，随着我国经济结构的不断调整，资源和原材料利用效率的不断提高，我国高能耗产品的增速将明显放缓。

从市场终端需求发展看，同时考虑到目前扩张型增长的惯性，我国钢产量的峰值可能最多在 6 亿吨左右；铜、铝、铅、锌等主要有色金属的产量也将在 2020 年前进入峰值期；纯碱、烧碱、乙烯等化工原材料的增速也将明显下降，产量峰值将出现在 2030 年前（表 3-15）。尽管近年来水泥、粗钢产量不断冲顶，但必须看到高投资拉动高耗能行业快速扩张状况，不可能长期维持。高耗能行业的发展已经到了重要转折关头。目前高耗能产业产能的加速扩张，将提前使高耗能产业达到峰值并进入饱和期，而且很有可能使高耗能产品的需求量提前进入零增长或下降期，而并不能继续推高峰值需求。

表 3-15　未来主要耗能产品产量变化情况设想

项目	单位	2005 年	2020 年	2030 年	2040 年	2050 年
钢铁	亿吨	3.55	6.1	5.7	4.4	3.6
水泥	亿吨	10.6	16	16	12	9
玻璃	亿重量箱	3.99	6.5	6.9	6.7	5.8
铜	万吨	260	700	700	650	460
铝	万吨	851	1 600	1 600	1 500	1 200
铅锌	万吨	510	720	700	650	550
纯碱	万吨	1 467	2 300	2 450	2 350	2 200
烧碱	万吨	1 264	2 400	2 500	2 500	2 400
纸和纸板	万吨	6 205	11 000	11 500	12 000	12 000
化肥	万吨	5 220	6 100	6 100	6 100	6 100
乙烯	万吨	756	3 400	3 600	3 600	3 300
合成氨	万吨	4 630	5 000	5 000	5 000	4 500
电石	万吨	850	1 000	800	700	400

　　我国工业发展将很快从重化阶段转向依靠科技创新，提高技术和知识产权含量，面向国内需求推动工业增长，将极大地推动工业结构和产业结构的调整。在科技创新的拉动下，航空航天、大型能源设施、数控机床、第三代移动通信、高速列车、重大技术装备制造等领域相关的高新技术、高加工度、高附加值行业将得到极大的发展，特别是节能和新能源产业的发展，将对新型节能汽车、节能型家用电器、节能建筑的大规模生产和建设提出了巨大的市场需求，由此带动先进汽车驱动技术、节能控制系统、新型建筑材料、可再生能源技术等高新产业快速发展，并进一步拉动先进控制系统、高效传热技术、复合材料技术、纳米技术、生物技术等前沿基础科学研究，从而带动生产性服务业的发展，进一步降低经济增长对钢铁、有色金属、建材等高耗能原材料的依赖度，实现产业结构和工业结构的优化。高耗能行业的饱和及结构优化的直接结果是工业能耗的增速和增量将出现双下降。

五、节能技术进步迅速，能效显著提高

　　工业技术、设备、工艺、规模和管理能效大幅度提高，2020 年以后工业能源消费有可能实现趋零增长。通过采用先进技术，加快落后技术淘汰速度，我国工业能效水平可以较快达到国际先进水平，2030 年进入国际领先行列。

　　目前我国主要耗能产业的新建产能正在利用世界先进技术和装备和相应的先进能效技术。在国家节能减排政策的推动下，随着新增产能达到国际先进或领先水平，既有落后产能逐步被淘汰。在一些主要工业产品的生产规模已位居世界第一或将位居世界第一的条件下，我们设想到 2020 年钢铁和乙烯行业的整体技术水平将达到世界领先水平，平板玻璃、合成氨、烧碱行业将达到世界先进水平；到 2030 年水泥、铝、合成氨、纯碱行业将总体接近或达到世界领先水平；所有主要高耗能产品的单位产品能耗水平将逐步达到或接近国际先进甚至领先水平。由于届时主要高耗能产品的产量不再增加，许多还有下降，高能耗产业的能源消费总量将明显下降。

一、电力需求有较大增长空间，但增长速度将明显下降

我国电力需求近年来保持较高增长速度，电力装机容量迅速增加，电力建设规模虽然已经越过高峰，但继续保持较大规模。我国电力消费中，生产用电占了 87% 以上，其中工业用电比例高达 74%，重工业用电比例占 62% 左右，而城乡生活用电只占了不到 13%。而且工业，特别是重工业的用电增长速度高于其他部门，成为电力消费增长的主要驱动力。近中期内，工业用电的增长态势仍将决定电力消费需求的增长速度和数量。由于我国面临产业结构的明显调整，增长内容和发展方式将进行重大调整，未来电力消费的增长内容和速度也将发生重大变化。用电最多的高能耗产业提前进入饱和期，增速将明显下降，而且进入产量平稳甚至下降期，将明显影响电力消费发展趋势。生活用能和其他产业用能的增长，还不能影响高能耗工业的变化，电力消费弹性系数有可能出现明显偏低的阶段。从中远期看，我国将大力发展的水电、核电以及风电、太阳能发电等新的能源支柱都将以电力方式提供能源，并进入终端。同时，我国能源结构中，石油的比例仍将明显低于目前发达国家的比例，终端能源中液体燃料、煤炭的应用也将主要转换为电力，交通电气化包括电动汽车的发展将超过目前发达国家水平。我国电力事业将持续发展，总量不断提高。从人均用电量看，当前发达国家中比较重视节能的欧洲国家多在人均 6000 千瓦时左右，而美国等高能耗国家人均用电高于 10 000 千瓦时，也有一些工业化国家人均 8000 千瓦时左右。世界用电技术的效率不断提高，特别是各种建筑物用能的设施、家用电器和工业耗电设备的能效提高显著。今后同样数量的电力消费将提供显著增多的能源服务。我国远期的人均用电量，应该可以用相对较低的数量（如人均 6000 千瓦时）实现高水平的能源服务。

综合各方预测，考虑到可能的不确定性，也充分考虑转变发展方式和节能优先战略的实施，本研究推荐的未来电力需求的控制目标如表 3-23 所示。

表 3-23　未来电力需求的预测和控制目标

年份	发电装机 / 亿千瓦	发电量 / 万亿千瓦时
2020	13~15	5.6~6.2
2030	17~20	7.1~8
2050	24~26	8.7~10

二、要积极争取实现低能源需求发展前景

用较低能源增长支撑经济社会发展，符合我国科学发展需要，也具有实际可行性。我国经济面临重大转变需求，能源消费增长也要有重大变化，从历史发展规律来看，这些重大变化必然发生。但是，转变发展方式并不容易，如果认识不够，政策不进行必要的调整，这种转变也不会自然而然发生。从而经济可能出现震荡，平稳较快发展可能出现波折。因此，能源发展要顺应科学发展的客观需要，也要主动调整政策，使需要发生的变化尽可能及早发生。未来的能源需求，无论从任何现状外推，或国际发展历史对比，都难以得到令人信服的预测。因为中国的和平发展，十几亿人通过社会主义道路达到共同富裕，实现现代化，本身就没有先例。我们必须从整个发展目标、发展模式、发展内容方面进行创造性的开拓，才可能实现中华民族复兴的宏伟目标。用可持续的、资源环境条件和国际条件可以支撑的有限能源增长实现现代化，本身也是一种创新，一种革命。而目前的市场经济条件，包括全球化进程，并不会给我国带来各种优惠条件，也不会自动把中国变成可以和发达国家平起平坐的新型现代化大国。传统的发展模式，仍然会努力保持其必将失去的统治地位，对此我们必须有清醒认识。要进行全方位的努力，才能实现经济社会可持续发展，包括克服资源环境制约。争取实现用尽可能低的能源增长，支持我国经济社会可持续发展，应该成为我们力争做到并能够做得更好的长期努力目标。

我国单位 GDP 能耗下降仍然有巨大空间。2008 年，按照市场汇率计算，中国万元 GDP 能耗是美国的 2.86 倍，是日本的 4.48 倍，是欧盟经济大国的 5 ~ 6 倍 [英国（5.79 倍）、法国（5.12 倍）、德国（5.43 倍）、意大利（6.01

倍）、丹麦（9.23 倍！）]，是世界平均水平的 2.48 倍。按我国目前设想的长期较快发展速度，我国将在 2030 年前超过美国，成为世界最大经济体。当今世界，能源效率已经成为经济竞争力的重要标志，世界各国也在加快提高能源效率的步伐。按最保守的估计（发达国家每年能源强度下降 1.5%），2030 年发达国家平均能源强度将下降 25% 以上。届时美国的能源强度将仅是我国目前强度的 27%，而欧盟经济大国和日本则仅是我国目前水平的 13% ～ 17%。世界能源技术进步的速度，以及经济竞争力的不断提高，加大了我国大幅度提高能源效率的压力，也给我国更快地提高能效提供了更好的外部技术条件。如果我国 2030 年时的能源强度要接近发达国家平均水平的话，至少要使我国的能源强度在 2030 年比当前下降 80% 左右。我国 2020 年能源消费控制在 40 亿吨标准煤，2030 年控制在 45 亿吨标准煤，将使我国届时的能源强度较目前分别下降 44% 和 68% 左右，和发达国家的能源强度差距将明显缩小，但比日本、欧洲仍然相差 1 倍以上。

以上估计还没有考虑世界各国积极应对气候变化的新努力，否则发达国家的能耗水平还将大幅度降低。按已经提出的目标，发达国家 2050 年温室气体排放下降 80%，其中节能将贡献一半以上的减排量。即以目前水平为基准，按节能贡献 50%，发达国家能源强度将达到年均下降 2% 以上（这已经是最保守的计算），则发达国家 2030 年能源强度较当前将下降 33%，2050 年下降 55%，则我国相应的能源强度下降速度还应该相应提高。

三、科学发展，控制能源消耗总量，有很好的经济效益

实现科学发展，转变发展方式，需要在技术研发、技术创新、先进节能技术的示范与推广等方面有更大的投入，也需要在政策上有所突破，培育更适应较低能源需求的政策环境，如征收能源税、碳税等，会改变传统的投资方向。相应带来的终端能源需求的明显减少，意味着将减少社会能源总成本。目前节能技术改造的成本一般仅是能源开发成本的 30% ～ 50%，随着化石能源资源的不断减少和枯竭，能源勘探和开采成本还将不断增加，节能成本与能源开发相比将更具竞争力。根据模型测算，包括所

有节能技术改造投入和节能建筑投入以及高效节能的轨道交通等围绕节约型社会建设在内的投资，2030 年时将达 18 000 亿元／年，由于届时 GDP 总量巨大，这些投资仍仅占当年 GDP 的 1.4%。

四、较低的能源需求将带来明显的环境效益

以低能源需求实现能源平衡，可以使煤炭需求量峰值控制在 30 亿吨左右，这意味着将降低我国煤炭资源的开采压力。由于煤炭大规模开采带来的水资源污染、土地塌陷、生态破坏，以及煤矿安全、矿工健康等环境和社会问题，都将得到明显改善。煤炭在能源使用中份额的减少，也为城市地区解决能源带来的环境问题和环境治理工作创造了机会和条件。煤电比例的降低，使燃煤电厂对周边生态环境的影响显著减少。如果强化重要行业的脱硫政策，2030 年可以将全国 SO_2 排放量控制在 980 万吨以下，实现国内 SO_2 排放控制在环境容量之内的目标。

目前的分析认为，2030 年前化石能源已经达到产能高峰，我国有可能实现在 2030 年 CO_2 排放达到峰值。2030 年后，水电还可能有一定增长空间，核电和其他可再生能源还有较大潜力。如果能源消费增长的速度进一步下降，我们将可能有进一步优化能源结构的机会。如果届时需要温室气体的总体减排，我们将可以在发展碳捕获与封存、更多地发展核电、太阳能以及风电、生物质能源等之间进行优选。如果可再生能源和核电发展有更大的发展空间，或碳封存技术较大规模实施，我国有可能做到在 2050 年明显减排，使 2050 年 CO_2 排放量回到 2005 年排放水平上。

第四章 我国能源中长期 (2020、2030、2050) 发展战略思路与目标

现在到 21 世纪中叶是我国实现现代化的关键时期，在这个时期内，中华民族将努力实现全面振兴的宏观目标。中国将用自己的实践，证明社会主义道路可以使一个 15 亿人口的发展中国家彻底摆脱贫困，通过自力更生，和平发展，成为一个富强、平等，享有高度物质文明、精神文明和生态文明的国家。我们通过改革开放、建设社会主义市场经济，充分吸收各国发展经济、建设物质文明和多元文化的经验，同时也根据我国国情坚持创新，坚持有中国特色社会主义的发展道路。现在我国经济总量已经达到较大的规模，形成了巨大的工业制造能力，成为了"世界工厂"，外延式扩张发展的空间已经十分有限。我国的现代化已经进入了攻坚阶段，必须通过创新，走新型工业化道路，转变发展方式，才可能继续保持较快发展速度，实现"三步走"战略目标。

当今世界面临着越来越多的全球性挑战。南北差距继续扩大，多数发展中国家仍然看不到摆脱贫困的现实希望；发达国家面临种种经济和社会动荡，地缘冲突仍然激烈等传统社会经济问题依然存在。世界还越来越面临各种自然资源不能继续支持传统增长方式的巨大挑战，资源能源的争夺和安全问题形势严峻，环境问题日益国际化，全球变暖问题已经成为跨越国界的全球性问题。因此，我国今后的发展，不能也不可能沿用资本主义依靠掠夺性占用自然资源、依靠奢侈性消费拉动资本增值的发展模式。我国的发展不仅要依靠科技创新，更要依靠我们开拓一种可持续的、健康环保的绿色生产和消费模式。

能源是经济社会发展最重要的物质基础之一，也是当今世界资源争夺

最集中的领域。世界各国都在不断调整能源发展战略，改善能源安全保障条件，应对环境和全球变暖的挑战。世界能源发展也处在一个可能出现重大变化的关键时刻。

从现在到2050年这几十年，是我国能源发展的重要过渡期和转型期，从现在比较低效、粗放、污染的能源体系，逐步转变为洁净、高效、节约、多元、安全的现代化能源体系，能源结构、"颜色"、质量都要发生革命性的变革。而现在到2030年前对我国能源走向、可持续发展道路更加关键，这20年是我国能源发展过渡期、转型期中的攻坚期、困难期，要完成形成节能提效机制、优质能源加速增供、新型能源的突破（包括核能、可再生能源等）、化石能源的洁净化利用、石油安全供应、电力系统优化发展等一系列重大问题的解决。能源供需将从现在以粗放供给满足过快需求的模式努力向以科学供给满足合理需求的模式转变。2030～2050年，我国的能源供需将基本实现以科学供给满足合理需求的新模式，可以引领高效、节约、清洁、低碳的能源消费和供应发展的潮流，实现可持续的供需平衡。2050年后，我国将拥有一个现代化的能源新体系，进入比较自由的能源可持续发展阶段。我国未来能源是可持续发展的，这是重要的战略判断。

第一节　我国能源中长期发展战略的指导原则

制定我国能源中长期发展战略必须考虑以下原则。

一、科学发展、可持续发展的原则

科学发展不仅是我国整个经济社会发展的总的指导原则，而且要在能源发展战略中得到具体体现，是能源发展的最根本的指导原则。

以人为本、全面协调，要求能源发展要考虑安全生产，尽可能地减少能源开发和利用中的人的生命和健康的代价。能否保障安全生产和工人的

发电结构的决心和魄力，要考虑技术路线为加快速度服务，体制改革为上规模和安全保障服务，坚定不移地把核电搞大搞好。核电发展速度要尽快达到年装机 10 台左右 1000 万千瓦以上的水平。2020 年核电应该可以达到建成 7000 万～8000 万千瓦，2030 年争取达到建成 2 亿千瓦，提供 10%左右的一次能源。以后还要持续发展，2050 年努力达到 4 亿千瓦以上，可望提供 16%～18% 的一次能源（表 4-1，图 4-1）。

表 4-1　我国未来核电发展路线　　　　　　　　（单位：万千瓦）

	2020 年	2030 年	2050 年
总装机容量	7 000~8 000	20 000	40 000
其中：二代压水堆	6 110~6 490	9 000~12 000	10 000
三代压水堆	890~1 510	8 000~11 000	27 000
增殖堆（快堆）			3 000

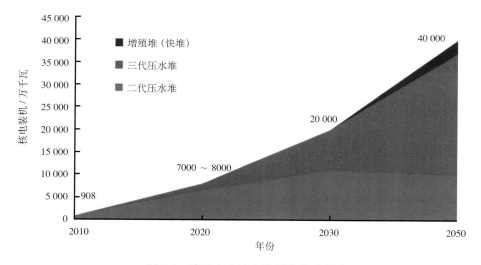

图 4-1　我国未来核电发展路线示意图

二是要把天然气发展放到能源结构调整的重点地位上来。天然气是高效清洁和相对低碳的绿色能源，市场需求极其旺盛。我国天然气资源潜力大，可以支持加快发展和大规模应用。天然气可以较快形成绿色能源支柱，提供 10% 以上的一次能源。要为天然气快速增长创造必要条件，把天然气放到和石油并重、国内增产倚重天然气的地位上来。当前主要是理顺体制，改变天然气发展的附属地位，统一对煤层气开发的资源和基础设施进行管理。2020 年国内天然气产量要达到 2000 亿立方米，2030 年国内天然气（含煤层气）要达到 3000 亿立方米以上。同时加大进口力度使天然气的实际供应量 2020 年达到 3000 亿立方米以上，2030 年 4000 亿～5000 亿立方米，可以达到一次能源的 10% 以上（11%~14%）。

三是 2030 年前把水电作为可再生能源发展的第一重点，有效提高可再生能源在一次能源中的比例。 2030 年仅水电就可以占一次能源的 10% 以上，可以形成另一个绿色能源支柱。我国水电技术成熟先进，经济性好，因此要继续推动水电，特别是大中型水电建设有序发展和快速发展。水电早建成比晚建成好，要想方设法使我国丰富的水力资源充分得到应用。2020 年水电装机容量应该达到 3 亿千瓦以上，2030 年 4 亿千瓦以上，2050 年达到 4.5 亿千瓦并视情况争取更多（仍然可以提供 10% 左右的一次能源）。

4. 扶持发展其他可再生能源，力争尽早使风电、太阳能以及生物质能等其他可再生能源成为新的绿色能源支柱

加快发展各种可再生能源的长期战略意义重大，是世界以及我国长期转向低碳能源供应路线的必然选择。可再生能源取代传统化石能源，以及和其他低碳能源利用方式进行有效竞争，还必须加快科技进步，进一步降低成本，发展用户友好的接入现有能源系统技术或更为先进的直接应用技术。一旦这方面有所突破，可再生能源大规模应用的时间将提早到来。

2020 年前要重点解决风电提高经济效益、太阳能显著降低成本以及非连续电力和大规模利用的并网技术等问题，发展适应这些可再生能源发展的电网技术、储能和用能方式，使其具备大规模市场化应用的条件。在风电和太阳能发电还不具备市场竞争力时，扶持的重点仍然要放在自主知识产权、先进技术创新和先进制造能力的培养方面，以及规模应用示范。一旦具备条件，就可以加快扩大规模应用。应争取在 2020 年前后使风电，2020～2030 年使太阳能，开始从有限补充或后备能源成为具备充分技术经济条件的新的绿色支柱能源，开始大规模应用。如果技术进步和经济性改善快于预期，则可以加快使这些能源成为重要绿色能源支柱。

因地制宜充分发展各种生物质能源利用技术，降低生物质能源利用的成本，充分利用具有双赢条件的生物质能源资源（如结合城市废弃物处理、污水处理，畜禽养殖沼气等），从而在用好现有生物质能源资源方面取得实质性成效。由于生物质能源的收集成本高，发展生物质能源必须提高生物质能源利用价值。发展液体替代燃料可能最有经济前途，又能缓解石油进口压力。在"不与人争粮、不与粮争地、不与牲畜争饲料"的前提下，争取扩大可应用的生物质资源，发展生物质液体燃料和其他商品能源。

5. 实现环境友好型能源发展

"十二五"期间继续削减二氧化硫、氮氧化物、烟尘等主要大气污染物排放总量，到 2020 年使城市大气环境质量基本达到国家二级空气质量标准；2020 ~ 2030 年，继续改善能源结构，大力发展和使用洁净煤技术，实行多污染物联合控制，基本解决能源消费带来的二氧化硫、氮氧化物、颗粒物、汞、挥发性有机物、臭氧等空气污染问题。到 2030 年，80% 以上的城市达到世界卫生组织空气质量指导值的第三阶段目标值，酸沉降超临界负荷面积下降 80% 以上。

2020 年之前通过继续加强节能，调整能源结构，确保单位 GDP 的二氧化碳排放强度较 2005 年水平降低 45% 以上，争取达到下降 50%。2030 年前进一步降低能源消费增长速度，进一步调整能源结构，力争二氧化碳排放总量在 2030 年前达到峰值。

以区域生态环境和水资源承载力为基础，合理确定各地区化石能源开发强度，优化能源基地布局。在生态环境较为脆弱、水资源相对不足的西部、北部地区，实行科学规划、适度开发，采用绿色开采技术，在能源开采的同时开展土地复垦与生态重建，将能源开发对生态环境与水资源的影响限制在可恢复的范围内；在生态环境脆弱的地区和重要生态功能保护区实行保护优先、限制开发，确保生态功能的恢复与保育，逐步恢复生态平衡。

在能源资源和环境容量相对不足的地区，限制煤电项目建设，控制煤炭消费总量，大幅度削减大气污染物排放量。

二、2030～2050 年的战略要点

2030 年以后，我国将逐渐成为世界上经济能源强度最低的国家。我国将引领高效清洁能效技术发展的潮流，在能源消费领域领先开拓新型节约高效消费模式，工业用能总量不再增长并可能由于产业结构优化和技术能效的提高而有一定程度的下降。高效低碳交通优化模式基本成型，形成先进高效运输体系。中国是世界最大的汽车市场，必须使高效节能汽车占据市场主流。建筑物能效水平和科学合理消费模式为国际做出示范。民用能源服务质量（不等于数量最大）进一步提高，但能源总量和碳排放仍然可以控制在较低水平。能源消费总量控制在 50～55 吨标准煤以内。

在供应端，煤炭基本完成安全高效现代化改造，产量进入适度收缩，高效洁净利用达到世界领先水平，减碳技术开始成熟应用。石油、天然气等进入低增长或稳产阶段，非常规油气资源可能正式成为油气开发主要组成部分，我国成功处理好和平可靠利用境外资源问题，水电大规模开发阶段也基本完成。

2030 年以后，核电仍然是能源增长发展重点，核电将进入新一代技术包括先进三代和增殖反应堆规模发展阶段，核电规模继续扩大，成为最主要的电源之一。

风电资源将得到比较充分的开发，太阳能已经大规模应用，生物质资源得到充分利用，非水可再生能源将成为占一次能源 15% 以上的绿色能源支柱，分布式能源系统和先进电网技术已经解决非连续电源的有效利用问题，替代石油的液体燃料有长足发展。

2050 年我国能源进入全面多元化，新增能源全部实现可持续、可再生。碳氢燃料的替代能源和相关技术形成长期接替保障（如天然气水合物规模开发，可再生能源液体燃料替代等）。煤炭比例可望降低到 30%～35%，油气占近 30%，非化石能源占到近 40%（核 15%，水 10%，其他可再生15%）。如果能源需求总量可以控制在 50 亿吨标准煤，非化石能源的比例

还可以明显上升。碳排放总量比 2030 年明显下降。

世界应对气候变化应该取得巨大进展，全球温室气体排放明显下降。人类应该找到并实现了保持经济繁荣和保护全球气候的技术途径和合作机制，全球能源开始进入全面低碳进程。连续 40 年对绿色低碳能源技术的投入，使人类有更多的选择余地。能源效率空前提高，先进核能、各种可再生能源和洁净能源技术得到充分开发。我国进入了能源技术领先行列。

第五章 2030 年前能源战略重点及路线图

2030 年前是我国能源发展过渡期、转型期中的攻坚期、困难期，同时必须支撑实现发展方式基本转变，产业结构显著调整，创新能力明显提高，为实现"三步走"目标打下基础。2030 年前我国能源战略重点将包括：建设节能优先体制机制、控制能源消费总量、切实加快核电和水电发展、实现天然气跨越式发展、控制煤炭增量、实现科学安全高效生产转型和清洁化利用、建设全球性油气供应体系、突破可再生能源规模利用技术和经济性障碍、实现可再生能源规模化和市场化、基本建成高效经济安全灵活电力系统等。2010 ~ 2030 年能源发展的战略目标、战略重点和发展路线图如下。

第一节 形成节能优先体制机制，切实控制能源消费增长速度和消费总量

1. 战略目标

节能优先战略推动发展方式转变，形成完善的节能制度。能源利用效率大幅度提高，单位 GDP 能源强度比 2010 年下降 40% 以上。2020 年能源消费总量控制在约 40 亿吨标准煤。2030 年在基本完成工业化、城镇化的同时，能源技术效率达到世界先进水平，形成节约型能源消费模式，超低能耗建筑物成为新建建筑物主流，建成高效节能交通系统，GDP 能源强度接近发达国家中等水平，消费总量控制在 45 亿吨标准煤左右。

进一步加强海上石油勘探和开发，掌握深海油气勘探开发核心技术和装备制造，加强深海油气开发的环保和事故处理技术和能力，加强我国海域特别是南海的油气勘探和开发强度。

稳步推进石油替代液体燃料发展，以生物二代醇类燃料为突破重点，考虑必要的天然气和其他生物柴油替代，争取 2030 年石油替代液体燃料达到 0.5 亿吨左右。

2030 ~ 2050 年：依靠常规和非常规石油资源，加强深海海域和内陆未勘探新区、新领域的资源勘探开发利用。努力实现探明石油储量最大化增长，石油产量保持 2.0 亿吨左右；继续推动石油替代燃料发展，2050 年替代量在 1 亿吨以上。

第三节 重点发展绿色支柱能源

一、优先发展核电，使核电尽快成为重要的发电能源和一次能源支柱之一

1. 战略目标

把核电作为我国能源发展的长期战略重点，优先、加快、充分发展。2020 年目标为总装机容量达到 7000 万千瓦以上，争取达到 8000 万千瓦。核电成为电力工业的重要组成部分，为我国全面建成小康社会作出重要贡献。到 2012 年达到在建和建成 50 台核电装机规模，2020 年达到在建和建成装机 100 台规模。

2030 年目标为总装机容量达到 2 亿千瓦，占一次能源的 10% 以上。核电将逐步成为我国的一个绿色能源支柱，为 2030 年前后使我国温室气体排放由上升转为下降作出重要贡献。

2. 战略重点

(1) 在 2020 年前，以我国已掌握技术的二代改进压水堆为主力机型，

实行产业化批量规模建设。从我国第三代核电技术引进和完成商业化示范、定型、然后扩大规模的实际进程需要的时间看，现有成熟的二代改进型核电机组，在 2015～2020 年开工建设的核电机组中仍将是主力机型。二代改进型机组总量有可能达到百台左右。

(2) 在不影响核电发展速度的前提下，积极引进第三代核电技术，推进产业化发展。根据引进第三代核电技术的实际性能，进一步考虑在已有技术和新引进技术的基础上，争取研发具有自主知识产权的三代品牌机型，较早实现我国核电后续发展主力机型的标准化。

(3) 从战略高度认真解决铀资源和核电燃料供应问题。加速国内天然资源的勘查开发，扩大核燃料生产的规模。积极推进"走出去"的方针，扩大国外铀资源开发合作，尽可能充分利用境外铀资源。

(4) 争取 2025 年左右实现核燃料的闭合循环，开始具备乏燃料后处理和裂变物质的复用，减少天然铀资源的消耗。

(5) 继续推进核电设备制造的国产化，保证核电设备的可靠供应。要提高核电设备的自主供应能力，特别要抓紧难于进口的特殊设备的国产化。要提高核电设备的设计和制造的技术水平，掌握核心技术和关键技术。

(6) 抓紧四代核电技术的开发，尽快掌握快中子增殖堆核电技术及快中子堆核燃料循环技术。2020 年左右建成商业示范堆。争取 2030 年使快堆技术具备商业实用能力。

3. 发展路线图

(1) 实施热中子堆、快中子堆、聚变堆"三步走"的发展道路。2030年前依靠热中子压水堆发展核电，2020 年前以现有二代改进型为主，尽早实现关键部件国产化，大幅度提高核电技术经济竞争性，实现高效安全建设，高效安全稳定运行。

(2) 做好 AP1000 和 EPR 第三代热中子堆的引进工作，争取较快实现示范、验证、定型、标准化发展过程。若第三代技术经实践证明其技术经济性更优越，具备产业化发展条件，则及时将核电建设重点转向第三代技术。争取在 2015～2020 年完成技术路线的优化选择。

(3) 及时发展核燃料循环技术，争取 2025 年左右开始实施由开式循环向闭合循环发展，并进一步向快中子堆增殖核燃料的增殖循环发展。争取 2035 年前后，开始实现快堆增殖循环的闭合，并考虑开始规模化、产业化发展快中子堆核能系统（包括快堆核电站和配套燃料循环设施）。

(4) 尽快制定我国铀资源开发、储备、加工战略，并依照核电发展规模，制定铀资源发展规划，及时扩大核电燃料加工制造和再处理能力。"十二五"期间建立铀储备机制，建成首批储备库，在经济有利条件下充分利用国外铀资源。抓好国内铀资源的勘察、开采技术水平的提高，加快国内铀资源的勘察，在保有一定的储量、保有一定的生产能力、保先进技术水平的条件下，尽量多地利用国外铀资源。

4. 建设重大工程

(1) 2015 年前后建成铀资源勘察、铀矿开采试验研究基地。

(2) 2025 年前后建成我国第一个商用乏燃料后处理厂，及其配套的 MOX 燃料制造生产线，为实现燃料循环的闭合，实现乏燃料回收钚的复用创造条件。

(3) 在充分利用即将建成实验快堆，进行实验研究的基础上，在 2020 年前后建成第一座 80 万千瓦的示范快堆核电站。

(4) 2040 年前后建成第一个配套的接近增殖的快中子堆核能系统，实现快堆核燃料循环的闭合和核燃料的接近增殖。

二、大力发展天然气，使其成为重要清洁能源支柱

1. 战略目标

把天然气作为国内油气开发的增产重点，2030 年国内天然气产量争取达到 3000 亿立方米（含煤层气）以上，并保持长期稳产至 2050 年。通过陆地管道气与沿海 LNG 并重发展，天然气进口规模达到 1500 亿立方米左右，使 2030 年天然气在一次能源供应量中比例达到 15% 左右。

2. 战略重点

(1) 积极推动天然气工业提速发展，统筹兼顾、协调发展天然气的产、输、销。把天然气发展作为基础设施建设、城市化建设和终端用能技术发展的重点领域之一。

(2) 切实把天然气放到与石油并重的位置，积极推动并加快天然气资源勘探开发利用。建立天然气开发利用的工业体系，成为油气工业的二次创业重点。

(3) 扩大非常规天然气，特别是页岩气的利用。尽快掌握相关地质勘探和开发技术，大幅度增加天然气资源储量，力争进一步提高天然气产能。

(4) 加强天然气的综合、高效利用。用扩大天然气利用，推动城市供热、分布式能源系统、电网调峰、热电联供等重要终端能源系统的节能提效，改善环境。发展适用于天然气的高效发电和其他用能技术。合理布局天然气管网、储运，建立天然气供应和使用的安全保障体系，为天然气生产量和消费量快速增长创造政策和市场环境。

3. 发展路线图

2030 年以前立足常规天然气资源的勘探开发利用，立足已建成的陕甘宁、四川、塔里木、柴达木和海域莺琼盆地等六大主力气区，实现天然气储量和产量稳步增长；同时，加强塔里木盆地台盆区、四川盆地龙岗和川中地区、准噶尔盆地和南海深水等潜在大中型天然气区的建设步伐，实现天然气储量和产量的超长期快速增长。

积极推动煤层气、页岩气规模化开发利用，使非常规天然气成为重要的补充气源，力争天然气总产量尽早达到 3000 亿立方米，并争取进一步提高产能。

推动中亚、中俄、中缅管线及沿海 LNG 管线建设和投用，加大国外天然气资源规模化引进，实现长期安全供应。2030 年天然气进口量达到 1500 亿立方米左右。

将储气库建设纳入能源和市政基础设施建设内容，及早做好储气库选达到 1000 万～2000 万千瓦。如果太阳能光伏发电的成本有效下降，而且分布式的应用技术经济性经实践得到验证，则应该尽可能加快太阳能光伏的大规模普遍分布式利用，其规模可不设上限。到 2030 年，形成国际领先的太阳能发电技术产业体系，太阳能发电开始进入大规模应用加速发展阶段。

（4）2020 年，第二代生物质液体燃料开始实现商业化应用，争取使各类生物质液体燃料年利用量总计达到千万吨标准煤。到 2030 年，第二代生物质交通燃料基本实现商业化生产应用，生物质能资源利用基本转向生产液体燃料和石油替代产品，使生物质交通燃料年利用量总计达到 3000 万～5000 万吨标准煤。

第五节　建设高效、经济、安全（智能）电网和电力系统，积极发展储能技术

电力是最重要的能源转换部门，也是最重要的终端能源。今后一次电力在我国一次能源中的比例也将不断提高。电力行业的发展在我国能源发展战略中将占有十分重要的地位。

我国电力消费增长迅猛，增长速度超过一次能源的增长速度。我国电力装机容量和发电量已经接近世界发电能力和发电量最大的美国，并即将超过美国，成为世界上最大的电力生产和消费国。今后我国电力消费仍然将持续增加，我国的电力装机规模和相应的电网规模将是世界空前的。电力系统的结构、布局、安全高效运行，需要合理规划和优化建设，因此具有极大的挑战性。

一、我国电力系统的发展面临多方面重大变化

（1）电力需求总量仍然要大幅度增长，我国将成为世界上电力消费总量最大的国家，也将成为电力空间密度最高的国家之一。电力系统包括电网建设的强度和难度已经超过其他国家，需要建设世界上最先进、最高效、

最安全的电力系统。

(2) 我国未来电力需求发展的不确定性越来越高。当前电力超速发展的势头难以为继。今后电力消费的增速和总量，将取决于我国发展方式的调整力度和进度。不同的预测和分析结果中电力需求有明显差别，2020 年发电量在强调发展结构调整的方案中为 5.6 万亿千瓦时，而高增长方案中则达 7 万亿千瓦时以上，相应的装机容量分别为 13.2 亿千瓦和 17 亿千瓦以上；2030 年的发电量低的设定为 7.16 万亿千瓦时，高方案为 10.4 万亿千瓦时，装机容量分别为 17.6 亿千瓦和 26 亿千瓦。2050 年的装机容量高低方案相差大于 10 亿千瓦。

(3) 电力需求不确定性直接影响煤电发展规模。由于可能出现有较大差别的需求，而我国水电、核电、风电和太阳能发电的发展速度和总量在 2020 年前，以至 2030 年前难以随需求变化大幅度调整，因此电力需求的较大幅度变化将对煤电发展规模产生直接和显著的影响。不同方案中煤电的装机容量最大差距为 6 亿千瓦以上。这种可能的差别，对电力工业的布局，电网建设的需求都有直接的重大影响。

(4) 我国电源结构将逐渐走向多元化。当前电源结构中煤炭比例过高，80% 以上的电力依靠煤炭，而除了水电以外的其他电源比例很低。2020 年前水电、核电、风电以及天然气等电源将加快发展，对部分地区的电源结构将开始产生明显影响。以后非煤电源将持续快速发展，逐渐成为主要新增电源，2050 年非煤电源装机将超过煤电。这些变化将对电源布局、电网结构和技术优化形成新的决策条件。电网发展必须认真考虑如何实现在多元化电源条件下，包括核电集中发展形成基荷中心，风电、太阳能非连续电源大规模发展，以及天然气发电的高效灵活但成本较高等特点下的最优布局和调度问题。

(5) 远距离大规模电力外送面临不确定性。在高电力增长方案条件下，煤电将持续大规模增长，并在新增电源机构中继续长时间起主导作用，因此煤电，特别是西部地区（包括新疆）电力或能源外送将成为电网发展的重要内容。但是一旦电力需求减小，这种大规模外送煤电的需求将出现重大变化，对电网建设的要求可能有直接影响。在高需求增长条件下，预计